LE COURANT DANS MON CORPS

L'auteur

Pendant son enfance, **Chris Archer** rêvait de posséder des pouvoirs surnaturels. Aujourd'hui, il garde un penchant pour les films qui font peur. Quand il n'écrit pas d'histoires ou de scénarios, il joue (mal) du piano et lit des romans à suspense. Tout cela entre New York et Los Angeles.

HAUTE TENSION

Chris ARCHER

Le courant dans mon corps

*Traduit de l'américain et adapté
par Natacha Godeau*

POCKET
jeunesse

À Chrissy, Danielle, Ali, Marielle…
et Bobby, qui va devoir se débrouiller tout seul

Prépare-toi à pénétrer
dans une zone de

Attends-toi à LES rencontrer,
car ILS vivent autour de toi,
et même à l'intérieur de toi.
Qui sont-ILS?
Des aliens, des mutants?
Les deux à la fois?
Surtout, fais attention à toi!

Titre original :
Aftershock

Publié pour la première fois en 1998
par Pocket Books, a division of Simon & Schuster Inc.

Loi n° 49-956 du 16 juillet 1949 sur les publications destinées
à la jeunesse : novembre 2000.

ISBN 2-266-09324-X

1

Je fixais la vendeuse droit dans les yeux. Malgré notre différence d'âge, j'étais prête à l'affronter… et je savais qu'elle *céderait*!

Je me présente: Kate Douglas, autrement dit, l'as du shopping, championne toutes catégories!

« TRIOMPHE. CONQUÊTE. VICTOIRE. » Telle est ma devise. Une règle implacable, certes, mais faire du lèche-vitrines, c'est entrer en guerre…

Lissant négligemment mes longs cheveux bruns, j'affichai un sourire radieux et insistai:

— Bon, et la semaine prochaine, alors, vous le solderez?

Mon adversaire se contenta de ricaner avec dédain avant de lancer, sarcastique:

— *Solder* ce chemisier ? Un modèle original qu'ont porté les plus grands top models du monde ? Écoute, gamine, tu n'as pas les moyens de l'acheter, point final.

Hé ! Elle ignore à qui elle s'adresse, ma parole !

Des treize années de ma glorieuse existence à Météore, je n'ai jamais rencontré pire pimbêche ! À croire que la Boutique Chic forme spécialement son personnel à l'art et la manière de mépriser la clientèle !

En temps ordinaire j'aurais abandonné la partie, mais ce jour-là, la Force était avec moi ! D'un geste triomphant, je brandis sous le nez de la vendeuse la carte de crédit que papa m'avait confiée.

— Maintenant, ripostai-je d'un ton hautain, soyez gentille de me libérer une cabine d'essayage, et avec diligence, je vous prie.

J'aurais pu dire : « … et vite, je vous prie » mais par amour pour M. Blanchard, mon prof de littérature, j'ai appris 1 187 nouvelles définitions dans le dictionnaire. Le sacrifice en vaut la peine : il ressemble comme un frère à Brad Pitt !

D'accord, il ne m'a pas remarquée pour autant… Au moins, grâce à cela, je connais des mots compliqués. Pratique pour clouer le bec des vendeuses récalcitrantes !

Celle que j'avais en face de moi considéra la carte d'un air pincé.

— Un instant, je vais voir.

Enfin, j'y suis !

Je louchais sur ce chemisier depuis fin mai. Un mois qu'il me hantait l'esprit ! Sans manches, bleu électrique, brodé main… la perfection ! Et puis, surtout, j'éprouvais le sentiment bizarre de l'avoir déjà vu quelque part, un peu comme s'il m'était destiné…

Je détaillai d'un œil critique la vendeuse qui se dirigeait vers le fond du magasin. Avec ses talons aiguilles et son chignon haut perché, je me demandais si, finalement, la Boutique Chic n'embauchait pas des aliens à la place d'employées compétentes !!

Météore traînait la réputation d'être un lieu privilégié pour les rencontres du troisième type. D'ailleurs, deux élèves de mon collège avaient mystérieusement disparu, cette année, et on prétendait que de petits hommes verts les auraient capturés…

Personnellement, j'avais un peu de mal à avaler ces histoires d'ovnis. En admettant que des créatures extraterrestres fussent capables de traverser l'espace, il leur aurait quand même fallu un sacré bout de temps pour arriver ici, non ? Sans compter qu'on devait se sentir à l'étroit, dans des engins pareils !

Supposons donc que des aliens aient brusquement décidé d'envahir la Terre. Pourquoi choisir d'atterrir justement au Wisconsin, dans ce trou perdu ? Il existe une foule d'endroits plus branchés ! Dommage que ces fameux petits hommes verts ne m'aient pas consultée, je leur aurais conseillé d'éviter la province !

Ainsi, Elena Vargas et Todd Aldridge, mes camarades « volatilisés », seraient peut-être encore parmi nous. N'empêche, c'était vraiment effrayant parce que, E.T. ou pas, quelqu'un les avait bel et bien enlevés !

Résultat : depuis ces événements, papa paniquait si je restais trop longtemps dehors.

Voilà pourquoi j'effectuais aujourd'hui mes achats d'anniversaire au centre commercial, escortée de mes deux meilleures copines : Lynette Barbini et Kara White.

Nous fréquentons la même équipe de natation et possédons un sens aigu de l'esthétique. La mode nous passionne !

Bref, nous formons le groupe de filles le plus populaire du collège. Et, à défaut d'être très efficaces contre un ravisseur éventuel, nous pourrions toujours lui donner des leçons de look ! Dans ce domaine, nous sommes imbattables !

Lynette pouffa.

— T'as vu sa tête quand tu lui as demandé une cabine ?

— Elle n'avait qu'à ne pas me traiter de gamine !

Kara fronça les sourcils, perplexe.

— Mais tu l'as blessée, Kate…

Lynette soupira.

Kara est la benjamine du groupe et Lynette considère de son devoir de lui faire découvrir les dures lois qui régissent l'univers impitoyable de l'adolescence.

— Je te signale qu'on la paie pour ça, expliqua-t-elle, agacée. Le client est roi ! Et, crois-moi, il faut être blindé, pour travailler ici !

— Surtout avec sa dégaine d'extraterrestre ! renchéris-je, déclenchant l'hilarité générale.

Puis, Lynette reprit, d'un air mystérieux :

— Dis donc, Kate, il est d'enfer, ce chemisier… Tu t'imagines avec, ce soir ?

Elle faisait allusion à notre plan secret…

Pour nos parents respectifs, nous avions organisé une pyjama-party chez elle, en l'honneur de mon anniversaire. Mais en réalité, Lynette caressait un autre projet…

Tom, son frère aîné, donnait une soirée de fin d'année scolaire, ce même soir, au réservoir d'eau de la ville, et elle voulait nous y emmener en cachette !

Se faufiler hors de chez les Barbini ne posait aucun problème ; c'était presque devenu une habitude ! Les parents de Lynette ont un sommeil de plomb et ils ne se sont jamais doutés de rien, pas même la fois où nous avons renversé la poubelle dans l'allée !

J'ai tellement hâte d'y être !

Oui… mon sixième sens me soufflait qu'il se produirait quelque chose d'exceptionnel, au cours de cette nuit. Ce soir serait le grand soir !!

E.T.-la-Vendeuse me tira brusquement de ma rêverie.

— Une cabine s'est libérée. Suis-moi, annonça-t-elle à contrecœur.

— Gaffe aux caméras cachées ! souffla Lynette tandis que nous emboîtions le pas à la jeune femme.

— Ouais, plaisanta à son tour Kara. On ne sait jamais, avec les aliens !

J'esquissai un sourire satisfait.

Nous sommes vraiment les meilleures amies du monde, toutes les trois, et je sais que je pourrai toujours, toujours compter sur leur soutien…

Une fois dans la cabine, je ne perdis pas de temps et enfilai, impatiente, le chemisier. Le tissu aérien était un bonheur de douceur et de légèreté.

Super! On me donnerait quinze ans, habillée comme ça!

Lynette allait en verdir de jalousie…

Jamais je n'aurai aussi bien dépensé 271 dollars! Rectification: jamais papa n'aura aussi bien dépensé 271 dollars à mon intention!

J'admirais sans complexe mon exquis reflet dans le miroir mural lorsque, subitement, une étrange sensation me submergea.

Hé! Mais je l'ai déjà vu ailleurs, ce chemisier!?!

Est-ce que la Boutique Chic écoulerait de vieux stocks, par hasard? Non. J'éprouvais quelque chose de plus précis…

Je m'efforçai de sonder ma mémoire… En fait, je me rappelai quelqu'un qui portait le chemisier, une fillette. Son visage se précisa peu à peu… *mon* visage!!

Qu'est-ce que cela signifie? Je n'ai pourtant jamais possédé un tel vêtement!

Je me concentrai, tâchai de me souvenir… quand un bourdonnement sourd interrompit le fil de mes pensées. Il semblait provenir du plafond. Au-dessus de ma tête, les néons grésillèrent avant de s'éteindre complètement.

Une panne de courant!

Toutes mes craintes, depuis l'enlèvement de Todd, en août dernier, resurgirent aussitôt.

Et ce truc géant, qui doit se produire ce soir? S'il s'agissait de mon propre kidnapping?!

Je frissonnai mais le bruit cessa et les lumières se rallumèrent. Je me précipitai alors hors de la cabine, folle de terreur.

Il fallait absolument que je retrouve mon sang-froid avant de déboucher dans le magasin; il y allait de mon honneur…

J'inspirai profondément et me dirigeai lentement vers la vendeuse. Cette dernière se retourna et…

Hein? Qui c'est, celle-là?

Qu'était donc devenue la mégère de tout à l'heure?

— La… la panne de courant, balbutiai-je sous le coup de la surprise.

La jeune femme me toisait d'un air déconcerté.

— La panne ? Quelle panne ? Et d'abord, que fabriquais-tu dans les cabines d'essayage ?

— Ben, heu… j'essayais, naturellement…

— Ah oui ? Et on peut savoir quoi, au juste ?

Pas de risque d'être déçu, à la Boutique Chic :
les employées y sont toutes aussi aimables !

Je marmonnai en balayant la pièce du regard :

— Ce chemisier, madame… Au fait, mes amies sont parties ?

En remarquant leur absence, je remarquai également la déco : elle avait entièrement changé !

La vendeuse rétorqua :

— J'ignore de quelles amies tu parles et puis, cesse de mentir, tu veux ! Cet article n'est absolument pas du style de la maison ! Tu as vu nos rayons ?

Intriguée, je contemplai les tenues des mannequins et fus frappée de stupeur !

Certains sont doués en math, ou en sciences. Moi, c'est en « mode », et quelque chose clochait vraiment, ici! On aurait dit que la boutique avait fait un bond d'au moins dix ans en arrière!

Pouah, les années 80! C'est si kitsch! Il y a des limites à la nostalgie!

C'était *Surprise, Surprise,* ou quoi? Avais-je plongé en pleine *quatrième dimension*?

La vendeuse m'entraîna sans ménagement vers la sortie.

— Tu vas filer aussi discrètement que tu es entrée! Je ne veux pas d'histoires!

— Mais… mais… bafouillai-je, incapable d'aligner deux mots.

L'horrible réalité me tétanisait : je venais de voyager dans le temps! J'étais revenue dans le passé!!

— Dehors! siffla la jeune femme. Tu déranges la clientèle!

Autour de nous, les gens me dévisageaient comme une bête curieuse.

Je répliquai avec arrogance :

— C'est bon, je pars. Mais ce qui dérange vos clients, ce n'est pas moi. C'est votre béotisme!

La vendeuse me regarda, abasourdie.

— Ou votre grossièreté, si vous préférez, précisai-je. Ouvrez donc un dico, de temps à autre, ça aide !

Et, là-dessus, je quittai fièrement les lieux, pas très rassurée quant à ce qui m'attendait derrière la porte…

Je franchis le seuil… et aboutis dans les couloirs du centre commercial de mon enfance ! Voilà qui faisait chaud au cœur ! Tant d'enseignes avaient disparu, au cours des années…

Comme dans un rêve, je courus en bas des escaliers roulants. Au niveau inférieur, je passai devant le petit cinéma et consultai le programme : *Retour vers le futur 2*.

Ouahou ! Dire que personne ne connaît encore Jurassic Park, *ni* Independence Day, *ni* Men in Black *!*

Je notai soudain que tout le monde portait d'énormes parkas.

Flûte, je dois paraître ridicule, avec ma jupe et mes sandales d'été !

Je détestais par-dessus tout ne pas être habillée selon les circonstances ! Mon humeur ne tarda pas à s'en ressentir sérieusement.

Kate Douglas erre dans les couloirs du temps le jour même de son treizième anniversaire!

Quelle injustice! J'étais coincée en hiver 1989 et j'allais manquer la boum de ma vie... J'étais au bord de la crise de nerfs. Il fallait à tout prix trouver un moyen de rentrer...

Pourquoi ne pas retourner à la cabine d'essayage? Peut-être le processus s'inverserait-il et me ramènerait-il à mon présent? À moins qu'il ne me propulse plus loin encore en arrière... jusque dans les années 70, avec la mode psychédélique! Un comble!!

Sois bien prudente, Kate, car tu n'as pas d'autre solution, de toute manière...

D'accord, je n'avais pas le choix, mais j'étais grillée, maintenant, à la Boutique Chic, et j'allais devoir me débrouiller pour m'y glisser en catimini.

Je gagnai l'ascenseur où un garçon déguisé en yeti distribuait des tracts publicitaires. Sa vue me remonta un peu le moral: faire le clown dans un costume minable, il y avait plus à plaindre que moi!

Je le croisai. Il planta ses yeux dans les miens avec insistance en me tendant un prospectus dont je m'emparai machinalement.

« Bizarre... » songeai-je en pénétrant dans la cage d'ascenseur.

Il n'y avait personne d'autre, à l'intérieur. Les portes se refermèrent puis je m'absorbai dans la lecture de la pub, à peine consciente du bourdonnement sourd qui émanait du plafond...

Tiens, quelqu'un a écrit un message, au dos du papier...

Avec ma chance, il s'agissait d'un mot d'amour du yéti! Mais je ne pus m'en assurer, car, brusquement, les lumières s'éteignirent... Pas évident d'être une demoiselle en détresse sans preux chevalier prêt à vous secourir.

Cool, ma vieille. Tu as vu Speed. *Keanu Reeves traîne peut-être dans les parages! Avertis-le!*

Je tâtais la paroi dans l'obscurité, à la recherche du bouton d'alarme, lorsque les lumières revinrent subitement. Ensuite, j'atteignis l'étage et les portes s'ouvrirent. Là, je clignai des paupières, incrédule. C'était trop beau pour être vrai!

Youpi! Tous mes bons vieux magasins habituels!

J'étais de retour dans le présent, saine et sauve! Quel soulagement!

Vite! Direction, la Boutique Chic!

Kara et Lynette devaient se faire un sang d'encre, à mon sujet.

Mouais… Si seulement j'avais pu prévoir ce qui m'attendait, là-bas… je me serais enfuie du côté opposé!

Je n'avais pas fait deux pas que des agents de sécurité me barrèrent la route.

— La voilà !

— Suis-nous gentiment, fillette. On te réclame à la Boutique Chic.

— Je ne suis plus une fillette, lançai-je, vexée. Et puis d'abord, je n'ai pas besoin de vous pour aller là-bas !

Vraiment, je vous jure ! Que Kara et Lynette s'inquiètent, okay ! Mais de là à envoyer les vigiles à ma recherche… elles abusent !

Mes copines m'accueillirent comme si elles ne m'avaient pas vue depuis des centaines d'années !

— Où étais-tu donc passée, Kate ?

—Vous ne le croirez jamais! répliquai-je avec agitation.

La vendeuse me fusillait du regard.

— En effet, dit-elle. On ne croit pas une voleuse!

— Quoi? Une... voleuse?

En un éclair, je réalisai ce que cela signifiait... Elle pensait que je m'étais sauvée sans payer, que j'avais volé ce fichu chemisier bleu!

— Non, attendez, c'est une erreur! Je peux tout expliquer...

Je m'interrompis. Expliquer quoi? Que j'avais voyagé dans le temps? Merci, on m'enverrait aussitôt à l'asile!

La vendeuse haussa les épaules.

— Inutile, petite. Tu as commis un acte très grave.

— Oh, ça va, dis-je avec lassitude. J'ai l'argent, pour vous régler, de toute façon. Combien vous dois-je?

— Il est un peu tard, non? Le vol à l'étalage mérite sanction, surtout quand on agit avec l'aide de deux complices!

Lynette manqua s'étouffer.

— Comment ? s'écria-t-elle. N'importe quoi ! On ne savait pas que Kate voulait piquer...

Je m'étranglai :

— Lynette ! Tu oses prétendre que...

— Alors explique-toi ! coupa Kara avec colère.

Pincez-moi, je cauchemarde ! Mes amies me tournent le dos !

— Je n'ai jamais rien volé ! m'indignai-je. Je suis...

— ... en état d'arrestation, acheva sèchement la vendeuse.

Les agents de sécurité approchèrent. Devant le tragique de la situation, je marmonnai, impuissante :

— *Happy birthday*, Kate ! Fêter ses treize ans en prison, quel privilège !

Le chef de la sécurité du centre commercial, un chauve à la mine revêche, replaça ses fines lunettes sur son nez et soupira :

— On ne va pas y passer la nuit ! Pourquoi ne pas avouer une bonne fois pour toutes ?

Plus d'une heure qu'il m'interrogeait! Finalement, j'aurais encore préféré m'affubler d'un sac-poubelle plutôt que de ce stupide chemisier! Il me sortait par les yeux!

Je persistai :

— Je n'ai rien pris, monsieur!

— Ah non? Et ce que tu portes sur le dos, alors?

— Mais c'est à cause de l'autre employée, la blonde! Elle m'a jetée dehors!

— Mensonge! s'écria la première vendeuse. La personne dont Kate parle a emménagé au Nouveau-Mexique depuis des mois.

— Oui, mais c'était…

Je n'allais quand même pas leur raconter que j'avais remonté le temps, déjà qu'ils n'avaient pas une très haute opinion de moi!

Je m'éclaircis la gorge et repris :

— C'était un cas d'urgence. Je suis claustrophobe et la cabine d'essayage est *minuscule*, vous voyez.

— Claustrophobe, toi? Première nouvelle! s'exclama Lynette.

Merci, ma chère. J'apprécie ton sens de la loyauté!

Au même instant, un agent entra. Il annonça que nos parents étaient arrivés, et l'on nous conduisit auprès d'eux.

En chemin, je tentai de briser la glace, entre mes amies et moi.

Kara refusant carrément de m'adresser la parole, je chuchotai à l'oreille de Lynette :

— La situation n'est pas si désespérée !

— Espèce d'infâme traîtresse !

— Écoute, Lynette. Cette aventure a forcément un bon côté. Plus tard, on comprendra…

— Très drôle, Kate ! C'est ce que je vais dire à maman pour la calmer, tiens !

Les Barbini, les White, mon père… Dire que nos parents avaient l'air content aurait été mentir !!

Depuis la disparition de maman, l'année de mes quatre ans, papa m'élevait seul. En plus d'être absolument craquant, c'était un psychothérapeute connu. Il n'avait qu'un défaut : il ne comprenait rien à la mode. Je lui choisissais tous ses vêtements !

— Et alors ? aboya brusquement M. Barbini, le père de Lynette, un avocat toujours pressé. On peut savoir ce qui se passe, ici ?

Le chef de la sécurité se racla la gorge.

— En fait, monsieur Barbini, il s'avère après enquête que ni votre fille ni Kara White ne sont impliquées dans cette affaire de vol à l'étalage.

— Voilà qui est heureux ! lança Mme White. Pouvons-nous partir, dans ces conditions ?

— Bien sûr, madame. Je ne retiendrai que M. Douglas.

— Viens, Lynette ! s'exclama Mme Barbini. Ce scandale nous a tous rendus malades ! Kate ne mettra plus jamais les pieds à la maison !

Papa s'interposa.

— Voyons, Joan, ne dramatise pas...

— Navrée, Joe. Tu devrais surveiller un peu ta fille !

— Tu ne vas pas gâcher une aussi vieille amitié pour un stupide malentendu ?

M. Barbini enchaîna :

— Je le déplore, Joe, mais trop, c'est trop. Kate exerce une mauvaise influence sur

Lynette, tu sais. Il y a quelques semaines, quelqu'un a renversé la poubelle, dans l'allée et, le lendemain matin, Lynette m'a avoué que Kate l'avait forcée à sortir avec elle, cette nuit-là.

Moi! Moi, je l'ai forcée! Quand je pense qu'elle m'a presque traînée dehors!

Je me sentis rougir jusqu'aux oreilles.

Mes espoirs de fêter dignement mes treize ans étaient bel et bien réduits à néant...

—Va-t-on porter plainte contre ma fille? demanda enfin papa lorsque nous nous retrouvâmes seuls avec le chef de la sécurité.

— Non, monsieur Douglas. Météore est une petite ville et nous préférons éviter les complications.

Il afficha une mine énigmatique.

— Nous avons des méthodes plus efficaces, ajouta-t-il.

— C'est une violation des Droits de l'Homme! murmurai-je, humiliée.

Si jamais on meurt de honte, ta dernière heure a sonné, Kate!

Sous mes yeux horrifiés, un vigile punaisait ma photo au « panneau du déshonneur », à l'entrée du centre.

Ils avaient pris un cliché de moi, l'air mortifié, avant que j'ôte le chemisier « volé »... Kate Douglas, traitée comme une vulgaire criminelle !

Les autres polaroïds affichés représentaient les visages de délinquants patibulaires ! J'étais la seule à ne pas être recouverte de piercings et de tatouages !

— C'est fini, à présent ? s'enquit papa auprès du chef de la sécurité.

— Oui, allez-y. Mais sache que je te garde à l'œil, jeune fille !

Que mon centre commercial adoré pratique des châtiments aussi vicieux, cela me renversait !

La traversée du parking me parut interminable. Je broyais du noir, d'un noir aussi intense que les nuages. D'ailleurs, l'orage éclata.

Le temps de m'engouffrer dans la voiture, j'étais trempée comme une soupe !

Cela ne laisse plus aucun doute, maintenant. Je détiens le record absolu du treizième anniversaire le plus épouvantable de l'histoire !

Alors que papa démarrait, j'engageai la discussion.

— Je n'ai pas volé ce chemisier !

— Tu n'y es pour rien, chérie. Je ne suis pas un père à la hauteur.

— Non, papa, je t'assure ! Je ne l'ai pas volé !

Il me pressa la joue avec affection.

— Dorénavant, Kate, je te consacrerai plus de temps.

— Mais tu n'écoutes pas ! Je sais, les apparences sont trompeuses, pourtant il faut me croire !

— Je te crois, répondit-il.

Puis, après un silence tendu :

— Si tu as envie de me raconter ce qui s'est réellement passé, je te promets de ne rien dire.

Je me mordis la lèvre inférieure. Papa a toujours été mon confident favori. Mais n'allait-il pas me prendre pour une cinglée, avec mon conte à dormir debout ?

Je me jetai prudemment à l'eau.

— Tu jures de ne pas m'interrompre ?

— Juré, craché !

Jamais je ne l'avais vu si soucieux ! Génial. Plus question de reculer…

Je déglutis avec difficulté.

— Eh bien, en fait, j'ai voyagé dans le temps, je suis retournée dans le passé.

Comme promis, il se contenta de hocher la tête. Je poursuivis :

— Je suis entrée dans la cabine d'essayage et les lumières se sont mises à clignoter et puis il y a eu ce bruit bizarre et, quand je suis sortie, le magasin avait changé. J'étais retournée neuf ans en arrière. Alors la vendeuse m'a obligée à quitter les lieux et lorsque je suis revenue à aujourd'hui, tout le monde a cru que je voulais me sauver sans payer. Voilà.

Très convaincant, Kate… Bravo ! Tu n'y crois pas toi-même !

Papa ne quittait pas la route des yeux. Il pleuvait à verse, et il flottait dans l'air ce parfum poussiéreux d'orage d'été.

— Reprenons, veux-tu, dit-il avec son ton professionnel.

Flûte! Je ne suis pas l'un de ses patients, moi!

Je me fâchai :

— Donc, tu me prends pour une menteuse, c'est ça?!

— Qui t'a traitée de menteuse, Kate? Non, il arrive que notre esprit nous joue des tours et qu'une chose qui n'existe pas nous paraisse bien réelle.

— Super, maugréai-je. Personne ne me comprend, quoi. Ni toi ni mes copines. Personne.

— J'allais y venir, justement. Nous sommes très proches, tous les deux, et je t'aime plus que tout au monde. Mais je ne saurai jamais ce que ressent exactement une jeune fille de ton âge…

Il observa une courte pause avant de reprendre :

— Ce n'est pas un hasard, si tu penses être remontée neuf ans en arrière. Il y a neuf ans pile, ta mère disparaissait. Quoi de plus naturel que de souhaiter la revoir le jour de tes treize ans? C'est une période charnière, pour toi, le passage à l'adolescence!

33

— Et ça aurait suffi à me faire voyager dans le temps ?

— Non, mais à t'en persuader.

Tant bien que mal, je refoulai mes larmes de déception en regardant par la vitre de la portière.

— Décidément, tu ne comprends rien, papa.

— Peut-être, ma chérie. Mais alors, si vraiment tu as remonté le temps, tu as beaucoup, beaucoup de chance… Je t'envie, Kate.

Une vague de compassion m'envahit soudain. Papa et maman s'étaient tellement aimés… chaque jour elle lui manquait un peu plus.

Je posai la main sur son épaule ; il se pencha et m'embrassa sur le front. J'avisai alors un paquet-cadeau, sur la banquette arrière, ainsi qu'une boîte en carton. Une boîte de pâtissier.

— Hé ! Tu m'as acheté un gâteau d'anniversaire ?

— Après l'appel du chef de la sécurité, je me doutais que les Barbini annuleraient leur invitation. Je me suis dit que cela te remonterait un peu le moral…

N'ai-je pas le meilleur des pères ?!

Je reniflai légèrement.

— Merci, papa. Merci.

Nous empruntâmes la route bordée d'arbres qui conduisait chez nous. Dehors, la pluie tambourinait aux fenêtres et sur le toit. Le brouillard était tombé et on n'y voyait pas à vingt mètres.

Nous roulions doucement lorsque, tout à coup…

D'un geste rageur, papa referma le capot de la voiture.

— Batterie à plat, annonça-t-il en se jetant, découragé, sur son siège. C'est comme si quelqu'un avait « pompé » toute l'énergie !

Tandis que nous roulions, la radio s'était brusquement tue, les phares s'étaient éteints et le moteur, arrêté !

— Peut-être est-ce à cause de l'orage, hasardai-je.

— Oui… ou à cause des aliens qui squattent le coin, me taquina papa. À moins que notre pauvre Volvo ait été si chagrinée de tes mésaventures qu'elle ait décidé que la vie ne valait plus la peine d'être vécue !

Je pouffai.

— Alors, on fait quoi ?

— Il y a une station-service, pas trop loin. Tu restes dans la voiture. Ce n'est pas prudent de traverser la forêt à pied, surtout par une nuit sans lune !

C'est vrai qu'il faisait noir comme dans un four, et que nous étions perdus au milieu de nulle part...

— Euh... tu es sûr, papa ? Puisque tu insistes...

Il s'empara d'un parapluie, claqua la portière et s'éloigna sous les trombes d'eau. Je le suivis du regard. Bientôt, il disparut, avalé par l'obscurité.

La pluie crépitait dru sur la carrosserie. Une épaisse brume blanchâtre recouvrait le sol d'un linceul cotonneux et, sans le secours des essuie-glaces, le pare-brise était complètement opaque. Ça me donnait la chair de poule...

Je tâchai de me changer les idées en repensant à la journée écoulée. Comment expliquer tout cela autrement que par des hallucinations ? Oui, papa devait avoir raison...

Peut-être que je perds la boule...

Je détachai ma ceinture de sécurité et notai qu'un morceau de papier dépassait de ma poche. Le tract du yéti!! Si ce n'était pas une preuve de mon voyage dans le passé, ça…! Les mains tremblantes, je le dépliai et plissai les yeux pour y déchiffrer une date, n'importe quoi. En vain. Juste une pub pour une promo de Noël…

Soudain, je me rappelai qu'il y avait quelque chose d'inscrit, au dos du papier. Je le retournai fébrilement… L'écriture me semblait étrangement familière…

TU N'ES PAS FOLLE
MAIS TU COURS UN GRAVE DANGER.
SORS LE GÂTEAU DU CARTON. VITE.

C'est dingue! Découvrir un petit mot qui me rassure sur ma santé mentale et me prévient d'un grave danger!

Un coup de tonnerre éclata et j'attrapai la boîte en carton, trop stupéfaite pour me poser des questions.

Et si c'était de la crème empoisonnée? Pire: une bombe?!

Kate Douglas mérite-t-elle une fin pareille…? Si prématurée, en plus!

Je soulevai avec une infinie précaution le couvercle. Mais au lieu d'un mécanisme complexe, j'aperçus :

JOYEUX 13ᵉ ANNIVERSAIRE, KATE !

L'inscription était tracée dans le glaçage. Je réprimai une furieuse envie de rire.

Tu es comique, ma fille ! Te mettre dans un tel état pour un gâteau… un peu de self-control, que diable !

Au même instant, à la faveur d'un violent éclair, je discernai dans l'ombre des silhouettes qui approchaient.

Papa, enfin ! Je descendis la vitre et m'apprêtai à crier : « Je t'ai manquée, j'espère ? » lorsqu'un affreux faciès m'apparut distinctement…

Le cerveau fonctionne souvent au ralenti, en situation de crise. Le mien gela carrément !

Mais… ce n'est pas papa !

Je mis un moment avant de me souvenir où j'avais déjà vu ce visage auparavant. Au centre commercial ! Sa photo jouxtait la mienne, au tableau des délinquants !

Kate-la-Veinarde, seule face à la bande d'ados criminels de Météore!

Étouffant un cri de terreur, je remontai la vitre juste avant que mon agresseur ne passe la main dans la voiture. Puis je bloquai rapidement les portières.

Ce qui suivit fut digne des pires films d'horreur! Avec leurs anneaux dans le nez et leurs cheveux multicolores, ces quatre crétins ressemblaient à des clowns-tueurs venus de l'enfer! Ils encerclèrent la voiture en frappant aux carreaux.

— Hé, mignonne! cracha le chef de la bande, un maigrichon avec des cheveux rouge cerise. Sors donc de là!

— Ouais! renchérit un gros avec une crête, un taré au front tatoué, pas gâté par la nature et qui collait sa vilaine figure à la fenêtre.

Je suggérai avec pertinence:

— Rien de mieux à faire, les gars? Un petit délit, quelque part…

Là-dessus, l'un d'eux sauta sur le coffre. Un autre brisa les phares à coups de talon.

Le chef grimaça un sourire démoniaque.

— Ne nous oblige pas à défoncer les portes !

—Va te faire tatouer ailleurs ! rétorquai-je.

Ils secouèrent la Volvo de droite et de gauche. Heureusement qu'elle était solide ! N'empêche, ça tanguait et le mal de mer me gagnait…

Sous la colère, j'aboyai :

— Vous ne parviendrez jamais à entrer ! Ce modèle est hyper-robuste, un vrai blindé !

Sur quoi, la vitre côté chauffeur explosa en mille morceaux !

Oups ! Le constructeur n'a pas prévu les attaques à jet de pierre !

— Oh, j'ai malmené ta jolie petite voiture, railla le gros en se penchant par le trou béant.

Sans réfléchir, je saisis le gâteau et le lui écrasai sur le visage. La crème gicla, le sucre dégoulinait de son double menton.

— Oh, j'ai malmené ta jolie petite face de rat ! m'exclamai-je à mon tour.

— Ça, tu vas le regretter !

D'un seul mouvement, je débloquai la portière et la poussai des deux pieds. Elle frappa le gros en plein dans l'estomac.

Il bascula à la renverse et s'étala dans la boue, le souffle coupé.

J'en profitai pour bondir hors de la voiture et me précipitai en direction de la forêt...

Je fonçai comme une dératée, écartant les branches de mon chemin. Malgré cela, elles me fouettaient les jambes, s'agrippaient à mes vêtements, me lacéraient les mains.

Mais je n'étais plus piégée dans la Volvo !

Des dizaines d'éclairs zébraient le ciel qui tonnait comme si la ville subissait un raid aérien ! La foudre baigna les bois d'une lumière froide, presque aveuglante. Je jetai un œil par-dessus mon épaule.

Misère ! Ils sont juste derrière moi !

Ils progressaient rapidement... et ils étaient furieux...

Je perdais tout espoir de m'en tirer lorsque j'aperçus l'enseigne lumineuse de la station-service, au sommet d'un talus escarpé. Elle brillait dans le lointain comme un phare flamboyant contre le brouillard.

Sauvée !

Je m'élançai droit devant, grimpant à quatre pattes dans la saleté et les graviers, haletant sous l'effort.

Je touche au but! Courage, Kate!

Mais le sol se déroba subitement sous mes pieds! Je lâchai prise et glissai, dégringolai le long de la paroi accidentée, rebondissant sur les cailloux acérés.

J'atterris finalement à mon point de départ, dans une flaque de vase nauséabonde... Ma superbe paire de sandales, fichue! Les quatre voyous me cernèrent aussitôt.

— Relevez-la, ordonna le gros, encore plein de crème et de boue.

Il se frotta l'estomac là où je l'avais cogné et ajouta:

— Qu'elle me regarde bien en face!

— Tu te crois maligne, hein? jeta le chef d'une voix grinçante.

— Oh, non! répondis-je, sincère. Je me crois juste frigorifiée, affamée et déprimée! Mon anniversaire est un désastre et, en plus, je suis en train de m'enrhumer!

Je hurlai:

— C'est trop injuste! Je mérite quand même beaucoup mieux! Une fête, des cadeaux, des amis... et pas une bande d'homo sapiens arriérés comme vous !

Évidemment, ce mot-là, ils ne connaissent pas !

Le petit aux cheveux rouges me tourna autour, l'air malveillant.

Regrettant mon incorrigible audace, je frémis.

— Je me fiche pas mal de tes homo machins, dit-il entre ses dents. Par contre, moi, je vais te dire ce que tu mérites exactement...

Il tapota l'épaule du gros garçon.

— Ouais, tu mérites une bonne leçon. S'attaquer à mon pote Pluto, ça coûte très cher !

— Quoi ? Il s'appelle Pluto ? m'écriai-je malgré moi. Ses parents ont le sens de l'humour !

Là, le gros s'énerva pour de bon.

— Okay, les gars. Ça suffit !

Et il tira un couteau à cran d'arrêt de sa poche !

— T'es peut-être qu'une sale gosse, siffla-t-il en me menaçant de la lame aiguisée, mais je ne permets à personne de se moquer de mon nom !

Il fit un pas en avant. Je retins ma respiration, résignée… et éternuai bruyamment !

Je sais, le moment était mal choisi… mais, bon, j'avais froid, j'étais trempée et allergique aux moisissures, alors ! Pile au même instant, une lueur électrique étincelante déchira la nuit… Des filaments d'électricité grésillèrent à la surface de la flaque fangeuse et remontèrent, tels des serpents de feu, le long des jambes de mes assaillants.

Tandis que les voyous hurlaient et se débattaient, les éclairs s'enroulaient autour d'eux en crépitant, courant de leurs boucles d'oreilles à leurs anneaux dans le nez, aux lèvres, aux sourcils.

Je contemplais le spectacle, les bras ballants.

Ensuite, je m'évanouis.

Même à une « sale gosse », il ne faut pas trop en demander… !

4

Je repris connaissance à l'hôpital. Normal, après les incidents de la soirée ! J'ignorais juste la nature de mes maux…

Mon cœur bondit dans ma poitrine : et si j'étais défigurée ? Quel sort funeste m'attendait… des années de chirurgie esthétique ?!

À mon chevet, papa se rongeait d'inquiétude. Adorable. Près de lui, un homme qui m'était vaguement familier. Ah oui ! Le père de Kevin Rogers, le garçon le plus bizarroïde de la classe ! Son uniforme me rappela immédiatement sa fonction : chef de la police de la ville !

Un charmant agent, plus grand, plus jeune, l'accompagnait. Je lus son nom, sur son insigne : WHALEY.

Mais que me voulaient les forces de l'ordre, à la fin ? Cela ne leur suffisait pas, à la Boutique Chic, de m'avoir épinglée au mur ?!

Je suis maudite !

— Je n'ai pas volé ce chemisier ! hurlai-je.

— Du calme, Kate chérie, chuchota papa en me caressant la joue. Rallonge-toi.

— C'est une voleuse ? murmura le jeune policier.

Le chef Rogers le fustigea du regard en avançant plus près du lit.

— La ferme, Whaley.

Puis, se tournant vers moi :

— Kate, nous sommes ici car tu as été agressée. T'en souviens-tu ?

Quelle drôle de question !

— Et comment, je m'en souviens ! Dis, papa, j'ai une balafre, ou des marques ? Je veux savoir !

— Rien, mon ange, rassure-toi. Aucune blessure.

Je laissai ma tête s'enfoncer dans l'oreiller. Je me sentais si épuisée que je devais lutter pour garder les yeux ouverts.

— Je sais quelle terrible épreuve tu viens de traverser, Kate, reprit M. Rogers, mais il est capital que je t'interroge tant que les détails sont frais dans ta mémoire…

Il chercha ses mots avant de continuer :

— Nous avons appréhendé une bande de jeunes. Nous les gardons en détention provisoire mais nous avons besoin de ton témoignage. Tu crois que tu pourrais les identifier ?

Je ris faiblement.

— Les identifier ? Je peux même vous montrer leurs photos !

— Comment ça ?

— Elles sont exposées au centre commercial, sur le panneau du déshonneur, juste à côté de la mienne !

L'agent Whaley sursauta. Il s'apprêtait à ouvrir la bouche mais papa lui coupa l'herbe sous le pied.

— C'est une longue histoire, dit-il d'un ton tranchant.

Le chef Rogers jeta un œil noir à son jeune équipier.

— Une chose à la fois, Whaley ! Kate, peux-tu nous raconter ce qui s'est passé exactement, dans la forêt ?

Je pris une profonde inspiration.

— J'attendais dans la voiture que papa revienne de la station-service quand les quatre crétins ont surgi ! Ils ont commencé à frapper sur les vitres, à sauter sur le coffre. Et puis un gros lard a cassé un carreau avec une pierre…

— Tu le reconnaîtrais ?

— Il paraît qu'il s'appelle Pluto.

— Bien. Et ce Pluto, l'aurais-tu provoqué, par hasard ?

— Heu… hésitai-je. Je lui ai seulement dit que ses parents avaient le sens de l'humour, à cause de son nom.

Whaley secoua la tête, s'abstenant prudemment de tout commentaire, cette fois. Son supérieur m'encouragea :

— Ensuite, Kate ?

— Je me suis débrouillée pour sortir de la Volvo et m'enfuir dans la forêt. J'ai essayé d'escalader le talus, mais j'ai glissé et ils m'ont rattrapée.

— Et là, tu les as tous mis K.O. ?!

Je revécus la scène.

— Non, moi, je n'ai rien fait, répliquai-je en fronçant les sourcils. Ils ont été frappés par la foudre.

— Navrée de te contredire, mais c'est im-possible ! s'exclama soudain une femme en blouse blanche.

Jusqu'ici, je ne l'avais pas remarquée. Elle poursuivit :

— Je suis le Dr Carrie Hataway, Kate, et bien que ces garçons aient été manifeste-ment électrocutés, ce n'était pas par l'orage. Ils n'ont pas la moindre trace de brûlure et leurs vêtements sont intacts.

— Mais j'ai vu la lumière, et les éclairs et…

— Je suis formelle, c'est im-pos-sible, in-sista le médecin. Nous sommes en présence d'une source d'énergie beaucoup plus faible. Une simple décharge, en fait. À mon avis, le choc provenait d'une matraque élec-trique.

Papa prit la parole :

— Alors c'est un rôdeur ? Il leur aurait tendu une embuscade… ?

— Peu probable, répliqua Rogers. Pas si tard, pas si loin dans les bois, pas par un temps pareil ! Mais c'est notre seule piste, cependant. Il faudra nous en contenter.

N'importe quoi! Je le sais, moi, qu'il n'y avait personne d'autre. Et pourquoi je n'ai rien eu, d'abord?

Une pensée saugrenue me traversa l'esprit…

Je n'ai rien eu parce que… c'est MOI *la responsable, tiens!*

— Possèdes-tu une matraque électrique, Kate? plaisanta l'agent Whaley.

Chacun rit de bon cœur, ce qui détendit l'atmosphère.

Je papillotai des cils, tâchant d'afficher un air angélique… l'air au-dessus de tous soupçons!

Alors le Dr Hataway déclara:

— J'ai fini d'ausculter vos suspects. Ils vont bien et vont être transférés. Si vous vous dépêchez, vous pourrez les intercepter avant leur départ.

— Prête à procéder à l'identification d'usage, jeune fille? me demanda Rogers.

En vérité, non, pas du tout! Dans ces cas-là, il faut revenir à l'essentiel… Puiser tout au fond de soi *la* réponse… à condition de se poser la bonne question.

Comment réagirait la géniale Buffy, à ma place?

Après mûre réflexion, je lançai bravement:

— Okay, allons-y!

Lorsque papa, Rogers, Whaley et moi arrivâmes sur le parking de l'hôpital, il nous suffit de suivre les hurlements pour localiser nos quatre délinquants.

— Bas les pattes! grogna la voix rauque du leader aux cheveux rouge cerise.

—Tu te la joues avec ton revolver, éructa à son tour Pluto. À armes égales, je te réduis en bouillie, lavette!

Deux policiers à bout de souffle tentaient de les faire monter à bord du fourgon mais, malgré leurs menottes, les voyous se démenaient comme de beaux diables.

Je notai avec amusement qu'ils avaient tous les quatre les cheveux hérissés sur le crâne à cause de la décharge électrique.

— Grandioses, vos coupes! criai-je en parvenant à leur hauteur. Qui vous coiffe? Edward aux mains d'argent?

Le leader fit nerveusement volte-face et, pétrifié de terreur, se cacha derrière l'un des agents.

Pluto se chargea d'entamer la conversation…

— Non, pas elle ! Pitié ! implora-t-il. Éloignez-la !

Son chef s'enhardit. Il supplia :

— Elle va recommencer ! Emmenez-nous en prison ! Vite !!!!!

Rogers, Whaley et papa me dévisageaient, incrédules.

Je confirmai crânement :

— Aucun doute, oui, ce sont bien les mêmes clowns !

Tandis que le médecin signait mes papiers de sortie, papa me fit un clin d'œil complice.

— Une surprise t'attend au ranch, fillette !

Je rechignai :

— Si ça a un rapport avec Rachel, c'est pas la peine !

Rachel et papa se fréquentent depuis trois ans. Elle fourre son nez partout, une vraie plaie ! Je les soupçonne fortement d'envisager de se marier…

Oh, rien d'étonnant à ce que Rachel plaise à mon père. Élégante, soignée, raffinée, une impeccable queue de cheval châtain doré et d'immenses yeux noisette hyper-expressifs. Des attaches fines…

La totale, quoi! Cela m'agaçait prodigieusement. Quand mon corps se déciderait-il à s'y mettre aussi, hein?!

Ajoutez un cœur d'or à ce physique de reine, et le tableau sera complet! Car, outre son charme ravageur, Rachel savait se consacrer bénévolement quatre jours par semaine aux pensionnaires d'une maison de retraite… Le reste du temps, elle donnait des conférences dans une annexe du collège. Du style écœurant: « Faites-vous des amis de vos ennemis »…

En fait, le problème avec elle, c'est qu'elle n'était pas maman. Et plus elle s'appliquait, plus elle gaffait!

Nous vivrions mieux toutes les deux si elle oubliait un peu papa!

Ce dernier ne se laissa pas démonter. Il continua:

— J'ai appelé Rachel pour lui expliquer la raison de notre retard. Elle était bouleversée.

— Qu'elle garde ça pour la fille d'un autre! rétorquai-je durement.

— Elle t'aime, tu sais, Kate. Elle se sent de la famille…

— J'espère que tu lui rafraîchis parfois la mémoire : elle n'est pas ta femme !

Là, j'exagérais ! Je minaudai :

— Allez, papa, s'il te plaît, pas ce soir. Annule…

— Trop tard, chérie, lâcha-t-il dans un souffle.

Je suivis la direction de son regard… et tombai pile sur Rachel, debout dans l'encadrement de la porte, vêtue d'une robe digne de la cérémonie des Oscars !

Elle tendit les bras vers moi.

— Alors ? Comment se porte ma grande fille de treize ans ?

— Barbouillée subitement ! répondis-je en la gratifiant d'un sourire perfide.

— Kate… grogna papa entre ses dents.

Il me prit par les épaules.

— Rentrons, à présent… ou nous risquons de perdre un second gâteau d'anniversaire !

Bingo ! La nuit la plus longue de mon existence promet d'être encore plus longue que prévu !

Rachel conduisait et je lui narrai les événements de la soirée. Son intérêt me remplissait d'orgueil... au grand dam de papa qui culpabilisait de m'avoir laissée seule dans la Volvo.

À la fin de mon récit, Rachel déclara :

— Je pensais à quelque chose...

Oups ! Ne force pas trop, surtout !

— ... oui, Kate, tu as grandi. Pourquoi ne pas abandonner ton diminutif et utiliser ton véritable prénom : Katherine ? C'est joli, Katherine !

— Maman ne m'appelait comme ça que pour me gronder !

Cette remarque cinglante jeta un froid...

Puis, en pénétrant dans l'allée de la maison, Rachel reprit :

— J'ai encore gaffé, n'est-ce pas, Kate ?

— Ça va.

— Je suis si sotte...

Papa intervint à propos :

— Partantes pour une part de gâteau ? proposa-t-il dans le but d'étouffer la crise qui couvait.

Le cadeau de papa était pile ce que je voulais.

— Une chaîne hi-fi !

— Toi qui aimes tant le bruit…

J'éclatai de rire.

— Pas le bruit, papa ! La techno !

— À mon tour ! se réjouit Rachel en me remettant un paquet.

Je déchirai le papier et lus l'étiquette : Boutique Chic.

Oh, oh.

J'ouvris le couvercle. Mon sourire s'effaça.

— Je t'ai surprise à l'admirer en vitrine, la semaine dernière, alors…

Devant moi s'étalait le chemisier maudit ! Celui-là même qui m'avait pourri la vie !!

Du Rachel type, ça !

Papa et moi le fixions ensemble, pâles comme la mort.

— Tu n'aurais pas dû, Rachel, c'est… trop, marmonna mon père.

— Kate, tu l'essaies ?

Je bredouillai, gênée :

— Heu… après, je suis fatiguée…

— Il paraît qu'une folle a tenté de le dérober, tout à l'heure ! Tu te rends compte ?

J'étais sur le point d'exploser !

Papa sauva in extremis la situation :

— Écoute, Rachel, il est tard et la petite vient de vivre des instants pénibles. Laissons-la monter se coucher.

Elle m'embrassa affectueusement.

— Repose-toi bien, ma chérie, et fais de beaux rêves. J'espère que ce chemisier aidera la coquette que tu es à oublier cette rude journée !

— Merci, Rachel.

Encore une fois, tu as tapé dans le mille !

Je m'éveillai en sursaut le lendemain midi au son retentissant de mon réveil. Et je n'avais presque pas dormi ! Il n'existait rien de pire… sauf un coiffeur aux ciseaux trop zélés ! Je bâillai à m'en décrocher la mâchoire.

Je tendis la main pour éteindre l'alarme mais dès que mes doigts effleurèrent le bouton, les chiffres s'effacèrent carrément de l'écran digital. Plus de courant.

Bizarre… hier, la voiture, aujourd'hui, mon réveil… et puis quoi, ensuite ?

J'empoignai le réveil mais à peine avait-il quitté la table de chevet que je fus submergée par une sensation vertigineuse, stimulante, jubilatoire. Des picotements me traversèrent le poignet, remontèrent le long de mon bras avant de descendre pétiller au creux de mon estomac.

Maintenant, je sais à quoi ça ressemble d'être une limonade !

Je me sentais soudain comme rafraîchie, vive… effervescente. Oui, je me sentais effervescente ! Toute revigorée, je sautai à bas du lit, prête à affronter la journée.

Ouahou ! Si c'est ça, avoir treize ans… Et j'ai toutes les grandes vacances pour en profiter !

Je constatai que, durant mon sommeil, papa avait posé mes cadeaux sur la commode.

Je tirai la chaîne hi-fi de son emballage et l'installai sur mon bureau. La prise, dans le mur, s'avéra difficile à atteindre. Je repoussai ma chaise et, à quatre pattes sous le meuble, glissai la main dans le mince interstice, au ras de la plinthe. J'eus beau tourner et retourner le fil électrique, impossible de le brancher. J'examinai la prise. L'une des fiches était tordue. Je tentai donc de la redresser mais, à la seconde où mon index entra en contact avec elle, un raffut d'enfer éclata dans la pièce.

La radio ! La radio de la chaîne venait de s'allumer toute seule !

Dans ma hâte à me relever, je heurtai le dessous de la table avec ma tête. Sous le choc, la prise m'échappa ; le boucan cessa net.

Un horrible doute m'assaillit... Oui, je commençai à entrevoir la vérité, aussi angoissante qu'elle puisse paraître !

Je m'extirpai en rampant de sous le bureau et me frottai le crâne, contemplant, interdite, l'appareil stéréo silencieux. Puis, en proie à une émotion intense, je pinçai à nouveau les fiches de la prise...

La musique techno jaillit instantanément !

J'ignorais encore comment, mais c'était moi qui alimentais la chaîne en courant !

Voilà qui prouvait que je n'étais pas cinglée !

Il faut que papa voie ça !

Je me ruais déjà vers sa chambre lorsque mes yeux tombèrent sur le chemisier bleu de la Boutique Chic…

Singulièrement, le vêtement m'attirait comme un aimant. Il me défiait… Quelque chose me poussait à l'enfiler. Quelque chose d'inscrit dans mon destin… C'était plus fort que moi !

Et, peu après, debout devant le miroir, je me demandais pourquoi je me pavanais dans une tenue si chic, si habillée, à l'heure du déjeuner ! Tout à coup, la vision que j'avais eue, dans la cabine d'essayage, me revint en mémoire avec une précision inouïe.

Je me ramassai les cheveux en queue de cheval et enfilai les chaussures, la jupe, les bijoux avec lesquels je m'étais vue… Je saisis ensuite mon sac à dos, sans trop savoir pourquoi…

Ainsi vêtue et coiffée, mon reflet ressemblait exactement à la vision… C'était une impression de déjà-vu terrifiante. À vous glacer le sang !

Aussitôt, les lumières vacillèrent et un bourdonnement sourd monta progressivement...

Quand, enfin, le silence se fit, je perçus des pas, dans le couloir.

— Papa? appelai-je en ouvrant la porte. Tu as entendu ce...

Mais les mots moururent sur mes lèvres...

Tant d'années écoulées depuis que je m'étais cramponnée à cette robe fleurie pour la dernière fois !

— Maman ! hurlai-je en me précipitant vers le visage adoré, réconfortant.

Elle mit un doigt sur sa bouche.

— Chut, Kate !

Elle pénétra dans ma chambre et referma doucement la porte derrière elle.

Je ne parvenais pas à y croire !

Maman ! Maman est là, devant moi ! Je peux la toucher, la sentir !

Je pivotai sur mes talons et notai alors le changement de déco… Là, mon ancien couvre-lit Petite Sirène, et, aux fenêtres, les rideaux arc-en-ciel de mon enfance. Sur les murs, plus de posters mais des gribouillages de CP ! J'avais le tournis.

Je suis revenue neuf ans en arrière, l'année de mes quatre ans !

Maman était si fraîche, si naturelle ! Elle irradiait une beauté intérieure apaisante. Je me pendis à son cou et la serrai fiévreusement.

— Tout va bien, petite Kate chérie, chuchota-t-elle à mon oreille.

J'éclatai en sanglots. Non, tout n'allait pas bien ! Elle me manquait tellement ! Et puis, récemment, mon existence était devenue un véritable chaos !

Lorsque je relâchai enfin mon étreinte, je ne pus m'empêcher de poser la question qui m'obsédait :

— Maman, que se passe-t-il ? Comment suis-je arrivée ici ?

— Je t'ai programmée pour cela, mon amour.

— Programmée ? reniflai-je en m'appliquant à retenir mes larmes. Tu veux dire, comme un magnétoscope ?

Maman rit tendrement.

— En quelque sorte, oui. Mais au lieu d'une puce électronique qui décode les programmes télé, c'est ton cerveau qui diffuse des impulsions électriques dans ton système nerveux.

— Alors c'est pareil pour tout le monde ?

— Non, car ces impulsions qui nous traversent sont infimes. Toi, en revanche, tu as le pouvoir de t'approprier l'énergie des objets qui t'entourent et de la garder en réserve afin de la restituer à ta guise.

— Donc la panne de la Volvo, le réveil, le bourdonnement, les lumières et tout ça, c'est à cause de moi ! Et les voyous, dans la forêt, c'est pas l'orage qui les a électrocutés, mais Kate Douglas en personne !

Maman fronça les sourcils.

— Il va falloir apprendre à contrôler la puissance de ton don… En plus de générer de l'électricité, il a une utilité bien particulière, tu sais.

Elle me prit affectueusement les mains.

— Celle de te permettre de voyager dans le temps ! Dès que tu as emmagasiné suffisamment d'énergie, tu peux percer une brèche dans les forces électromagnétiques qui nous gouvernent. Cette ouverture est un passage dans le temps, une rupture de dimension qui te conduira où et quand tu le souhaiteras.

Je ne comprenais pas vraiment.

— Mais je ne savais rien de tout cela et pourtant, je suis là, avec toi.

Maman sourit.

— Tu as agi d'instinct. Un oisillon, à la naissance, sait déjà voler, seulement, il n'en a pas conscience. Jusqu'au jour où sa mère le pousse hors du nid. Il étend ses ailes et prend machinalement son essor !

— Comment as-tu fait, pour que je me rappelle ?

— Voilà où intervient ta programmation. J'ai implanté un message dans ton cerveau. Il disait que le jour de tes treize ans, la vue d'un certain chemisier bleu te causerait un choc et te ramènerait vers moi, dans le passé.

— Le chemisier ! J'étais sûre de l'avoir déjà vu quelque part !

— C'était un stimulus visuel, pour ton premier voyage. Mais rassure-toi, tu maîtriseras sous peu les techniques qui te permettront de te déplacer librement dans le temps.

D'un geste nerveux, elle consulta sa montre.

— Vite! L'heure de la séparation approche!

Juste ce que je redoutais d'entendre! Je pleurnichai:

— Pourquoi? Pourquoi si tôt?!

— Ces bonds dans le temps sont très risqués, répondit-elle avec tristesse. Modifier le passé, même sur un simple détail, peut avoir des conséquences dramatiques...

Elle ferma les yeux en secouant la tête comme pour chasser un mauvais souvenir. Elle reprit:

— Au-delà de quinze minutes, le danger est réel.

— Quinze minutes!!

Je tapai du pied.

— Mais ce n'est rien, ça! J'ai besoin de plus, j'ai...

Maman serra son poing en m'interrompant:

— Sois raisonnable, Kate. Tu dois trouver les autres.

Elle décolla mon bureau du mur et arracha une enveloppe de sa cachette, sous le bois. Dans l'enveloppe, des photos d'enfants d'environ quatre ans.

— Tu les reconnais ? À présent, ils ont ton âge. Peut-être ont-ils changé d'identité, par mesure de sécurité, mais ils s'appelaient Kevin, Elena, Todd, Audrey et John, je crois.

J'inspectai les portraits de plus près…

Mais oui ! Il s'agissait bien d'eux, mes camarades de collège !

— Pas John, rectifiai-je. Jack, Jack Raynes, le pitre de la classe, un désastre ambulant ! Todd et Elena ont disparu depuis des mois.

Le regard de maman s'assombrit.

— Cela implique qu'ils savent et qu'ils vont chercher à t'avoir aussi, ma chérie, dit-elle. J'aurais tant voulu veiller sur toi… Il faudra te montrer extrêmement prudente !

Elle me donnait la chair de poule ! Qui voulait m'avoir ? Et pourquoi ?!

À cet instant, on frappa légèrement à la porte.

— Maman ? lança une voix enfantine du couloir.

Maman alla ouvrir, et quelle ne fut pas ma stupeur de me retrouver face à… moi-même, âgée de quatre ans, avec mes nattes !

Je m'autocomplimentai :

— T'en as, une jolie robe !

La fillette demanda :

— Maman, qui c'est, elle ?

— Petite Kate, je te présente Katherine.

Ensuite, maman s'agenouilla auprès d'elle et lui appliqua deux doigts sur les tempes.

— Tu vois le bel habit bleu de Katherine ?

Les mains de maman brillèrent « de l'intérieur »...

La lumière sembla quitter ses paumes et s'infiltrer dans la tête de la petite Kate.

— Souviens-toi bien de lui, Kate, toujours.

La petite fille ferma les paupières l'espace d'une seconde avant de sursauter comme si elle s'était endormie un bref instant...

Cela m'arrivait souvent, en cours de math...

— Maintenant descends finir ton dessin, commanda maman en la poussant par les épaules.

La gamine se tourna vers moi.

— R'voir, Katherine !

— Au revoir, Kate, répliquai-je tandis qu'elle sortait.

Puis je m'enquis, d'une voix à peine audible :

— Qu'as-tu fait, maman ?

— Je t'ai programmée, ma grande.

Soudain, les ampoules clignotèrent et le fameux bourdonnement sourd s'éleva.

— Il nous reste moins de temps que je l'espérais ! Bon, Katherine…

Mais moi, déjà, je n'écoutais plus. Je devais me dépêcher.

Savait-elle, pour le feu ? Si je la prévenais, peut-être éviterais-je la tragédie ? Toute mon enfance en serait affectée… et toute ma personnalité !

Grandir avec maman à mes côtés !

Est-il réellement possible de changer le destin ?

Cela valait le coup d'essayer, en tout cas !

— Maman, je dois t'avertir. Le 5 juillet, un incendie meurtrier va se déclarer dans l'immeuble de ton bureau et…

— Tais-toi. Je ne veux pas le savoir.

Elle frémit.

— J'ai une tâche capitale à remplir ailleurs, ma chérie. Et ce sera très, très long…

— Emmène-moi, insistai-je. Je m'en fiche, d'où on va. On reste ensemble !

— Impossible, Katherine. Tu as ta propre mission à accomplir. Retrouve tes amis au plus vite et aide-les, grâce à ton pouvoir, à s'en tirer sains et saufs. Survivez !

— Mais j'ai besoin de toi ! criai-je.

Maman m'attira tout contre elle. Je me pelotonnai, les yeux clos.

— Je vis dans ton cœur, Katherine. Regarde bien au fond de toi-même et la force de ton esprit me verra. Je suis là. À jamais.

J'inspirai profondément, m'imprégnant une dernière fois de son parfum… Et le charme se rompit subitement.

Je rouvris les yeux. Elle était partie.

7

Je sortis de ma chambre comme une fusée et percutai de plein fouet mon père qui gravissait les escaliers.

Ce dernier remarqua immédiatement mes joues inondées de larmes.

— Aurais-tu pleuré, Kate ?

— Non, non, ça va. Mais à partir d'aujourd'hui, je préférerais qu'on m'appelle Katherine.

— Oh, je vois, répondit-il d'un air sceptique. Bon, alors, tu as une visite, Katherine.

Il me poussa du coude.

— Un garçon ! ajouta-t-il pour me faire enrager.

— Papa ! Je t'en prie, arrête !

Peuh ! En fait de garçon, il s'agissait de l'agent Whaley. Mignon, mais débile. Il buvait un café dans la cuisine.

— L'agent Whaley t'emmène au commissariat pour quelques formalités, expliqua papa.

Je m'apprêtais à refuser de l'accompagner lorsque je me ravisai. Maman m'avait dit que j'avais une mission à accomplir. Une mission qui primait sur tout.

— Le temps de monter me changer! lançai-je de bonne grâce.

Je tirai le verrou de ma porte et composai promptement le numéro de téléphone de Kevin Rogers.

Pourvu que ce ne soit pas son père qui décroche…!

— Allô?

— Salut, Kevin. Ici Katherine Douglas.

— Kate? On m'a raconté ce qui t'est arrivé, hier soir. Écoute, tu es en danger!

C'est le monde à l'envers! Qui était censé mettre l'autre en garde?!

Je m'étonnai:

— En danger? Moi?

— Oui, et j'ai un tuyau au sujet des phénomènes bizarres qui se produisent dans ton entourage!

— Comment es-tu au courant ?

— Il faut qu'on se voie. Surtout, ne parle de tes nouveaux pouvoirs à personne ! Rendez-vous à l'arcade des jeux vidéo, au centre commercial.

— Je ne peux pas y aller tout de suite, Kevin.

— Mais ta vie en dépend !

— Ce n'est pas ma faute. Tu connais l'agent Whaley ?

— Pas très malin mais champion de bowling. Pourquoi ?

— Il attend à la cuisine pour me conduire au commissariat.

À l'autre bout du fil, Kevin prit un ton suspicieux.

— Méfie-toi. C'est peut-être un piège. Ils revêtent l'apparence de n'importe qui !

— Qui ça, ils ?

— Pas au téléphone. Va demander à Whaley son score au bowling et reviens me le dire !

— De qui te moques-tu ? Papa s'interroge déjà assez sur ma santé mentale… !

— Kate, nous devons vérifier s'il ne s'agit pas d'un tueur !

77

Bon, ben, dans ces conditions…

J'entrai en trombe dans la cuisine, décidée à attaquer le problème de front.

— Dites, monsieur Whaley, m'écriai-je tout à trac. Quel est votre score, au bowling?

Il écarquilla les yeux.

— Au… au bowling? Deux cent vingt-trois…

— Ouah! Super! Merci beaucoup! Je monte me changer, hein!

Dans mon dos, papa s'excusa:

— C'est l'âge ingrat, vous savez!

Qu'ils pensent ce qu'ils veulent, j'ai d'autres chats à fouetter!

De retour à l'étage, je communiquai la réponse à Kevin.

— C'est bon, c'est lui!

— Je l'aurais parié, monsieur le parano!

— Tu te souviens, l'individu qui m'a attaqué au gymnase? Et Audrey, quand elle a failli se noyer, au réservoir d'eau?

— Et alors?

— Alors on ne nous avait pas prévenus, nous, et on ne s'est pas méfié! Voilà le résultat! Donc, reste vigilante et ne fais confiance à personne, compris? À tout à l'heure au centre!

Il raccrocha.

Mince! Est-ce que tous les ados plongent en pleine S.-F. le jour de leurs treize ans?

Peu après, je roulais à bord d'un véhicule de patrouille. L'air embaumait l'herbe fraîchement tondue et pas un nuage ne troublait le ciel limpide… Une journée si radieuse… et tant de soucis!

Je me tassai sur la banquette. Après le scandale, à la Boutique Chic, il ne manquerait plus qu'on m'aperçoive dans une voiture de police!

Les places arrière étant réservées aux criminels, je me trouvais dans une espèce de petite prison, sans poignée de porte et séparée du conducteur par une vitre blindée. À la merci totale du chauffeur, quoi! Heureusement que Kevin s'était assuré de son identité…

Je laissai mon esprit vagabonder… Kevin… quel secret avait-il donc à me révéler? Une chose était claire: j'avais subitement acquis des pouvoirs. Je pouvais absorber l'électricité des objets et la restituer n'importe quand!

Quand je pense que j'ai fait fonctionner ma chaîne hi-fi avec l'énergie de mon réveil! Dément!

— Un problème? s'enquit Whaley en m'entendant rire nerveusement.

— Non, non.

— On va couper par la ruelle, à droite, annonça-t-il. C'est un raccourci.

Et là, au détour de la route… un corps gisait sur la chaussée!

Whaley freina brutalement. Dans un crissement strident de pneus, la voiture pila net en travers de la rue étroite. À quelques mètres près, nous écrabouillions le malheureux!

— Ne bouge pas, jeta le policier en débouclant sa ceinture de sécurité. Je vais voir s'il respire encore.

Vaccinée par mes récentes mésaventures, je me penchai afin d'apercevoir le corps ensanglanté. Whaley lui tâta le pouls, au niveau du cou.

— Mort, dit-il en se redressant.

Il regagna l'auto, passa le bras par la fenêtre et empoigna la radio.

— Allô, Carla ? Ici Whaley. J'ai repéré une victime de la route, sur Emmerson Road.

On prétend souvent que le cinéma d'épouvante manque de réalisme... Grossière erreur, si vous voulez mon avis, car j'assistai précisément à une scène qui aurait défié l'imagination la plus fertile !

Sous mes yeux horrifiés, le cadavre se releva lentement... Son visage sanguinolent pulsait, se contorsionnait... Les lambeaux de peau déchiquetée qui pendaient se rassemblèrent, cicatrisèrent et, bientôt, l'immonde faciès, en charpie une seconde avant, se métamorphosa... en double exact de l'agent Whaley !!

Répugnant !

— Whaley ! Attention ! m'égosillai-je, éperdue.

Il fit demi-tour... mais dans ma direction !

— Que se passe-t-il ?

Le monstre sauta sur l'occasion et, à la vitesse de l'éclair, assena un coup de poing magistral sur la nuque du policier. Ce dernier s'écroula aussitôt, inconscient. À ce moment, la radio crachota :

— Allô, Whaley ? Ici Carla ! Des ennuis ?

Le clone s'empara du micro.

— Négatif ! Pas d'accidenté de la route, Carla. Juste un gars assoupi sur le bas-côté. Ma vue me joue des tours ! Terminé !

Puis il se glissa à la place du conducteur.

Le reflet de ses yeux, dans le rétroviseur, me paralysa de terreur ! Ils n'avaient plus de blanc, plus de pupilles ! C'étaient seulement deux immenses disques noirs, vides, qui me fixaient avec cruauté.

— Quelle idiote ! siffla-t-il. Tu m'as mené directement à toi, en usant de tes pouvoirs en public ! Ta capture fut un jeu d'enfant !

Là, il exagère !

La mauvaise foi m'avait toujours exaspérée ! Je sortis de mes gonds :

— Primo, on n'insulte pas les inconnus, espèce d'andouille ! Et secundo, attraper une jeune fille enfermée à double tour, il n'y a pas de quoi pavoiser !

Devant son expression hagarde, je précisai :

— J'ai bien dit pavoiser… on n'a pas de dico, sur ta planète ?

Il grinça des dents.

— Tu vas rejoindre tes deux petits camarades en captivité, aboya-t-il, menaçant. Profite de ta dernière balade en voiture !

Sur quoi il démarra, sirène hurlante et pied au plancher.

Comment sortir de ce guêpier ? Impossible de sauter par la fenêtre car, loin de ralentir, la créature grillait tous les feux rouges !

Et si le moteur calait, comme pour la Volvo… ?

Katherine Douglas, le Dracula de Météore ! Le seul vampire à sucer l'énergie !

J'avais électrocuté Pluto et sa bande grâce à l'électricité de notre voiture ! Je pouvais le refaire !

Je pouffai et l'imposteur cracha :

— Tu ris ? T'as rien compris, alors !

— C'est vous, qui n'avez pas compris. L'oisillon poussé du nid se rappelle comment voler ! Une petite démonstration à l'appui ?

Je fermai les paupières et me concentrai. Un flux de puissance me traversa de part en part, se répandit dans mes membres à la manière d'une bouffée d'oxygène.

Je me sentis alors… invincible !

Un peu de volonté et… la voiture s'arrêta. Au beau milieu de la route. La créature fit volte-face, hors d'elle.

— Remets le moteur en marche ou ça va chauffer !

Je ricanai.

— Quelle nervosité ! Gare à l'ulcère, mon cher ! Soyez zen !

Je jetai un œil rapide au-dehors. L'endroit était désert et l'orée de la forêt juste à quelques pas.

— Hé, Monstro ! Chiche que tu ne m'attrapes pas !

J'appliquai mes paumes contre la portière qui, dans une explosion d'étincelles cuivrées, céda. Mes pouvoirs me rendaient vraiment de précieux services ! Je fonçai vers les bois, le faux policier à mes trousses. Il me surpassait en vitesse…

Réfléchis, Katherine ! Réfléchis !

Une haute palissade grillagée me séparait de la lisière de la forêt. Un panneau y était accroché :

ZONE DU RÉSERVOIR D'EAU
ENTRÉE INTERDITE

Je l'escaladai avec agilité et roulai à terre de l'autre côté.

Ouf ! Moins une !

Mon poursuivant se pendait déjà à la grille. Il éructa :

— À quoi bon t'épuiser ? Tu ne m'échapperas pas !

Un plan germa brusquement dans mon cerveau ! Je disparus sous le couvert des arbres.

L'autre se hâta de grimper mais lorsqu'il enjamba le sommet du grillage je tournai subitement les talons et fonçai droit sur lui !

Je saisis alors les câbles à pleines mains en me délectant de la mine ahurie du faux Whaley.

— Prêt pour le bouquet final ? dis-je en canalisant les ultimes forces que j'avais volées à l'automobile.

Il n'eut pas le loisir de répondre car un flash gigantesque illumina la barrière. Des filaments d'électricité crépitèrent, dansant et zigzaguant entre les fils de fer croisés. Dans un hurlement, la créature fut propulsée en arrière. Elle s'écrasa au sol, où elle demeura inerte, assommée par la décharge.

Moi, je n'étais pas assez stupide pour traîner dans le coin! Et sans plus me préoccuper du sort de l'imposteur, je m'enfuis dare-dare dans les bois!

Trente minutes plus tard, je parvins au réservoir, un large lac circulaire. Je titubai, exténuée.

Certes, j'avais maintenu une cadence effrénée, mais pas au point de ressentir une telle fatigue. J'étais vidée. Comme si je sacrifiais une part de ma force vitale chaque fois que j'usais de mon pouvoir.

J'avais besoin de récupérer, mais pour couronner le tout, je ne savais plus vraiment où je me trouvais!

Malgré ma fréquentation des camps scouts, j'étais incapable de m'orienter d'après le soleil... Non, la campagne ne me convenait pas. D'ailleurs, le vert me brouillait le teint !

Je savais en revanche que les bois qui abritaient le réservoir débouchaient quelque part sur Central Avenue, où se trouvait le centre commercial. Là où j'avais rendez-vous avec Kevin, donc !

Courage, Katherine ! Tous les chemins mènent à Rome !

Oui... à condition que mes jambes flageolantes me portent suffisamment loin...

Le soleil déclinait déjà quand j'arrivai au centre commercial. Je dégoulinais de sueur et j'étais à deux doigts de m'évanouir d'épuisement. Manger m'aurait soutenue… non, pas manger!

Il faut que je me recharge…!

En m'apercevant, un petit garçon, assis sur un manège, éclata en sanglots. Après ma course à travers bois, j'avais l'air d'un zombie sorti de *La Nuit des morts vivants*!

À l'aveuglette, je m'adossai contre le premier machin venu. Aussitôt, une vague de chaleur m'enveloppa, délassant mon corps meurtri mieux qu'un massage! Sans compter le spectacle chatoyant qu'offraient ces étincelles bleues!

Des étincelles ? Flûte, voilà que je remets ça !
Et qu'est-ce que je vampirise, cette fois ?

Je me retournai…

Le manège ! Il fumait et des éclairs fusaient du socle. Le cheval de plastique bondissait comme un mustang sauvage ! Puis il stoppa net, ma « voracité » ayant bousillé ses circuits.

— Encore ! cria le garçonnet en tapant des mains.

— Désolée, un tour par personne !

Regonflée à bloc, je pris la direction de l'arcade de jeux vidéo. Personnellement, je ne vois aucun intérêt à ce style de distraction mais, vu le monde qui grouillait dans la boutique, peu de gens partageaient mon opinion !

Je repérai aisément Kevin, au volant d'un simulateur de conduite, son éternel sac X-Men sur les genoux. Je toquai au cockpit de la Formule 1 :

— Cette place est libre, jeune homme ?

Il leva les yeux sur moi et étouffa un cri. Un alien qui vous pourchasse dans la forêt… ça laisse des traces !

— Kate ! Seigneur !

— Tu avais raison, Kevin, je suis en danger !

L'absence d'émotion, dans ma voix, me surprit moi-même.

— L'agent Whaley… ?

— Non, un type, sur la route.

Il tapota le siège, à côté de lui.

— Assieds-toi, on discutera en jouant, ce sera plus discret.

Il introduisit un jeton dans la fente et le jeu débuta.

— Quand as-tu réalisé qu'il se produisait des trucs bizarres ? demanda-t-il en fixant l'écran.

— Hier, quand j'ai voyagé dans le temps pour la première fois.

— Voyager dans le temps ? répéta Kevin, épaté. On ne m'avait parlé que de tes exploits contre une bande de voyous…

— Disons que ce fut un anniversaire unique en son genre ! Je te raconterai tout en détail mais, d'abord, explique-moi qui cherche à me supprimer ?

Alors Kevin entama son récit… Du pur *X-Files* ! Bientôt un an que Météore était le théâtre de luttes entre des aliens et nous !

Et sans que personne, ou presque, ne s'en aperçoive! Pourtant, les indices ne manquaient pas!

À commencer par l'enlèvement de Todd Aldridge, en août dernier. Il avait reçu un appareil photo, pour ses treize ans, et était parti l'essayer au réservoir, au cas où il aurait pu immortaliser des ovnis... Il n'était jamais revenu. On avait retrouvé l'appareil sans pellicule. Apparemment, quelqu'un, ou quelque chose, ne se considérait pas photogénique!

Au mois d'octobre, le jour de son treizième anniversaire, Kevin, quant à lui, avait brutalement découvert qu'il possédait à fond toutes les techniques des arts martiaux. C'était un adversaire imbattable! Ses extraordinaires facultés lui avaient permis d'empêcher le hold-up du magasin de BD du centre. Les caméras de surveillance avaient filmé ses prouesses, si époustouflantes qu'elles avaient été diffusées aux infos de dix heures. Ensuite, il avait vaincu l'assassin qui l'avait agressé au gymnase, déguisé en Morton Treadweather, le présentateur vedette local.

Selon Kevin, les traqueurs-aliens se lançaient sur notre piste dès que nos pouvoirs s'épanouissaient. Une vraie course contre la montre ! Ces monstres pouvaient se transformer en n'importe qui et c'était vraiment à s'y méprendre.

Une fois, l'un d'eux avait pris le physique de Todd et il les avait tous bluffés. Seulement, l'imitation était trop parfaite... Il avait aussi cloné l'humanité du garçon et, le moment venu, incapable de capturer les enfants, il les avait aidés à s'enfuir.

Moi qui pensais que plus rien ne me surprendrait... !

Katherine Douglas, tu n'es pas au bout de tes peines !

Dorénavant, je ne mènerais plus une existence normale... pas tant que nous n'aurions pas remporté la bataille, en tout cas !

— Nous ne nous en tirerons qu'à condition de rester groupés, poursuivit Kevin. La pauvre Elena n'a pas eu de chance... Bon. Je vais te présenter les autres élus...

— Oh, je les connais déjà : Audrey Rose et Jack Raynes, pardi !

— Pour te servir ! s'exclama Jack en surgissant soudain, son skate-board sous le bras. Alors, pas trop sous tension, Électrique-Girl ?

C'était dans sa nature, d'être odieux... En plus, il portait sa casquette à l'envers et des lunettes de soleil... Plus frimeur, tu meurs ! Près de lui, Audrey, en noir des pieds à la tête, et ce, malgré la canicule !

À nous quatre, on déclare la guerre à l'esthétisme !

— Et vous, c'est quoi, vos dons ?

Jack releva fièrement le nez.

— Tu as devant toi le plus génial traducteur de la galaxie ! Je peux tout comprendre, tout lire, tout parler, y compris l'insecte et le fax !

— Bravo, Mister Modeste ! Et toi, Audrey ?

Elle rougit. D'un caractère solitaire et plutôt marginale, elle avait toujours été exclue du groupe, au collège.

Aujourd'hui, je regrettais ma conduite un peu injuste envers elle...

— Moi, je peux respirer sous l'eau mais, surtout, et je te jure que c'est vrai, je m'autorégénère… Coupe-moi un bras, il repoussera !

— Eh bien, c'est à qui aura les pouvoirs les plus incroyables, résumai-je. Je voudrais juste comprendre pourquoi. Pourquoi nous ?

Kevin fronça les sourcils.

— On n'a pas encore réussi à le découvrir. Mais ça a un rapport avec nos parents !

— Comment cela ?

— Chacun d'entre nous a perdu l'un de ses parents biologiques… sauf moi : j'ai perdu les deux !

J'aurais dû me douter que le chef Rogers l'avait adopté : il était aussi costaud que Kevin était malingre !

— Et par la plus improbable des coïncidences, ajouta-t-il, nos parents ont tous disparu le même jour…

— Le 5 juillet… murmurai-je.

Subitement, un nouvel espoir m'envahit ! Je bredouillai :

— Tu crois qu'ils sont encore vivants, Kevin ?

Il parut bouleversé.

— Je ne sais pas… oui, peut-être…

— Dommage, j'aurais pu le demander à maman, ce matin…

Audrey me dévisagea.

— À… à ta mère?

— Ben oui! Elle m'a programmée pour la rejoindre dans le passé. J'y parviendrai seule, à la longue… Si je stocke suffisamment d'énergie, je suis capable de creuser une faille spatio-temporelle et de m'y engouffrer!

N'importe qui d'autre m'internerait, avec ces histoires à dormir debout!

Kevin souhaitait en apprendre plus.

— Que t'a-t-elle dit, encore?

— Qu'il était extrêmement risqué de voyager plus de quinze minutes et que nous avions chacun une mission à accomplir…

— Ensuite?

— Ensuite je suis revenue dans le présent, avec l'agent Whaley qui…

Je sursautai.

—Whaley! Le monstre l'a assommé, sur la route!

— Et tu l'as abandonné là-bas? s'indigna Jack. S.O.S. cœur de pierre!

Je rugis, fâchée:

— Je te signale que j'étais piégée dans une voiture conduite par un meurtrier aux yeux ronds comme des soucoupes, crétin !

N'empêche, avec toutes ces péripéties, je l'avais oublié, le policier…

— Du calme, trancha Kevin. Appelons une ambulance.

Pourvu que Whaley soit sain et sauf, sinon, je ne me le pardonnerai jamais !

La cabine téléphonique, au coin du fast-food, était libre.

Kevin prit une voix plus grave.

— Allô, les urgences ? Je viens de voir le corps inanimé d'un agent de police, sur Emmerson Road, et…

Il se tut, l'air surpris.

— Tiens ? On a été coupé…

Il replaça le combiné sur son support puis décrocha à nouveau.

— Non, pas de tonalité, constata-t-il, ennuyé.

— C'est comme dans les thrillers, lâcha Audrey. Il ne manquerait plus que les plombs sautent…

La pauvre ! Elle ne croyait pas si bien dire…

Le centre commercial se retrouva brusquement plongé dans l'obscurité. Le plafond vitré du fast-food ne dispensait plus qu'une faible lumière car le crépuscule était tombé.

— La barbe, Kate, arrête ! râla Jack sur un ton acerbe.

— Mais je n'y suis pour rien !

— Une panne, pas de quoi s'affoler, déclara Audrey.

— Ce n'est pas comme s'il nous arrivait tout le temps des trucs terribles, persifla Jack en ôtant ses lunettes.

Les commerçants baissèrent leur rideau de fer et la foule d'acheteurs et de badauds, serrés dans les allées, allait céder sous peu à la panique.

— Attention, mesdames et messieurs ! Le vaisseau mère des envahisseurs extraterrestres s'apprête à jeter l'ancre !

— Jack, la ferme !

— La ferme, Jack ! répétai-je en écho.

Il me jeta un regard étonné puis il s'inclina.

— Oh! Vos désirs sont des ordres, Majesté!

J'aurais voulu lui rétorquer qu'il était plus beau dans le noir, mais il s'exprimait comme Yan Solo devant la Princesse Leïa, dans *La Guerre des étoiles*… Alors, je lui souris et lui, déconcerté, me sourit en retour…

Quatre vigiles, armés de torches électriques, arrivèrent juste avant la débandade.

— Par ici, s'il vous plaît! cria l'un d'eux dans le brouhaha général. Tout va bien, nous allons vous diriger vers la sortie principale.

Je me vengeai de Jack:

— Tu vois, langue de vipère, une simple panne de courant.

— Ne fais confiance à personne, Kate, lança-t-il en désignant les agents de sécurité qui braquaient leurs lampes sur les visages des gens attroupés.

— Ils cherchent quelqu'un! chuchota Kevin.

— Quatre gardiens égale… quatre jeunes mutants de treize ans! conclut Audrey.

Jack cligna de l'œil.

— Ils gardent leurs lunettes de soleil afin de masquer leur… infirmité!

— Exact, approuva Kevin. Retournons discrètement sur nos pas et tâchons de nous réfugier quelque part.

— On n'y voit rien ! Et si c'est une embuscade, hein ? Pire : si ce sont de vrais gardes, les mêmes qu'hier ? Ils me reconnaîtront !!

Je n'étais pas une pleurnicheuse mais là, j'avais des circonstances atténuantes !

Kevin précisa :

— Ma super-vision thermique me permet de voir dans le noir. Trouvons un magasin dont le rideau se ferme par commande électronique. Avec la panne, il sera resté ouvert et on pourra entrer !

— La boutique de sport ! m'exclamai-je, incollable sur le sujet.

D'un commun accord, nous battîmes prudemment en retraite, Kevin en tête, afin de détecter un obstacle éventuel.

Je lançai un coup d'œil inquiet par-dessus mon épaule... Un gardien pointait sa torche dans notre direction...

— Déguerpissons !

9

Nos poursuivants nous serraient de près. Je haletai :

— Même pour des aliens, ils sont hyper-rapides, non ?!

— Ajoute à cela une vision thermosensible... ainsi qu'une ouïe et un odorat surdéveloppés !

Nous zigzaguions entre les rayons de vêtements de sport quand Kevin s'arrêta.

— Ils nous ont vu entrer. Nous sommes piégés ! Qui a une idée ?

— Laissez-moi faire, on va gagner du temps ! criai-je en repartant à la porte du magasin.

Le rideau de fer s'abattit dans un vacarme assourdissant.

J'avais utilisé un peu d'énergie pour actionner les moteurs de la lourde grille qui se dressait à présent entre nos ennemis et nous. Oui… mais ce barrage tiendrait trois minutes, au plus…

Kevin m'interrogea :

— Vite, Kate ! Y a-t-il une sortie de secours, une cabine d'essayage, quelque chose ?

— Non, pas à cet étage.

Je me creusai les méninges.

Voyons, une issue… une issue…

— Mais bien sûr ! lançai-je en claquant des doigts. Le monte-charge !

— Le quoi ? demanda Jack.

— L'ascenseur à chaussures, si tu préfères.

— Ça existe, ça ? s'étonna Audrey.

— Une invention fabuleuse ! expliquai-je tandis que nous nous y précipitions. Tu commandes tes chaussures favorites et elles arrivent par le mini monte-charge ! Chou, non ?

Jack intervint, agacé.

— Vous discuterez shopping demain ! Et d'abord, je ne suis pas une paire de baskets, je ne vois pas l'intérêt de ce machin !

— Additionne deux et deux, patate ! S'il remonte les chaussures, c'est qu'il descend forcément les chercher aux entrepôts !

— Nous pesons trop lourd pour le plateau, constata Kevin. Arrachons-le et glissons-nous l'un après l'autre dans le conduit.

À l'instant où le plateau cédait enfin, un grand BOUM nous fit tressaillir.

Le rideau de fer !

Glacés d'effroi, nous entendîmes les faux agents de sécurité faire irruption dans la boutique. Leurs pas précipités nous secouèrent.

— Je passe devant, se dévoua bravement Jack en considérant d'un air pas très rassuré le trou exigu, dans le mur.

— Une fois en bas, on ne s'attend pas, murmura Kevin. Il vaut mieux se séparer.

C'est toi qui le dis ! Je n'ai pas envie de me retrouver toute seule là-dedans, moi !

D'accord, j'aurais toujours les aliens pour me tenir compagnie...

Je m'engouffrai la dernière dans l'étroit conduit de métal, m'aidant tant bien que mal des mains et des pieds pour ne pas m'écraser au sol. Un vrai cercueil vertical, ce monte-charge !

Je posai bientôt le pied par terre. Là-haut, les assassins mettaient le magasin sens dessus dessous. Ils ne tarderaient pas à découvrir par où nous avions fui…

Je fouillai avidement l'obscurité du regard. Personne. Je respirais avec difficulté. Les paroles de Kevin me revinrent en mémoire. « Nous ne nous en tirerons qu'à condition de rester groupés ! »

Et voilà que notre plan était de nous séparer ! Un frisson me parcourut le dos. Les mains tendues en avant, je découvris à tâtons la barre d'une porte coupe-feu et la poussai en silence.

À ce niveau, les couloirs du centre commercial semblaient encore plus sombres.

De toute manière, ici je pouvais me repérer les yeux fermés ! Non, le gros problème, c'était de savoir où aller… Tôt ou tard, les aliens finiraient par me mettre le grappin dessus ! Et il y avait fort à parier qu'ils avaient posté des gardes à chaque issue.

Si seulement j'avais su voyager dans le temps à volonté! Ils auraient du mal à me rattraper, neuf ans en arrière, ces imbéciles! Je me mordis la lèvre, découragée.

Hé! Une minute! Et ma photo, avec le chemisier, au panneau du déshonneur, hein? Peut-être qu'elle suffirait à déclencher ma « programmation »!

Le couloir débouchait justement sur l'entrée principale que je devinais, au loin, dans la semi-obscurité. J'ôtai mes sandales et, sans bruit, longeai les murs en direction des portes vitrées.

La silhouette d'un vigile extraterrestre se dessinait dans l'ombre.

Je parvins au comptoir de l'accueil et l'enjambai. Puis je détachai ma photo du tableau...

Tapie dans ma cachette, je ne distinguais rien, sur le cliché. Alors, avec d'infinies précautions, je me redressai en dirigeant le portrait vers la pâle lumière qui filtrait de l'extérieur.

Je me concentrai, fixai le chemisier bleu...

Le fameux bourdonnement sourd commença à s'élever et...

Misère ! Le gardien ! Il m'a aperçue !

— Cible en vue ! grogna le monstre dans son talkie-walkie en se ruant sur le comptoir.

Qu'est-ce qu'elle attend pour s'ouvrir, cette brèche spatio-temporelle, à la fin ?!

Au prix d'un immense effort de volonté, je gardai les paupières closes...

Le bourdonnement atteignait son apogée lorsqu'une main froide m'enserra le poignet comme un étau.

— Tu es ma prisonnière ! grinça une voix inhumaine.

Je battis des cils en proférant :

— À toujours se bercer d'illusions, on se lasse, non ?

Sur quoi je me dégageai brusquement de son emprise et les néons, au plafond, se rallumèrent...

Faille spatio-temporelle franchie !

Ouf ! Moins une !

Je m'étais matérialisée au milieu des clients, trop absorbés par leurs achats pour noter mon apparition.

La mode des années 80 était sidérante…
presque… comique!

Je pris la direction du parking en lorgnant
les vitrines au passage. Puis je me ravisai. Il
valait mieux échafauder un plan afin d'aider
mes amis, plutôt que de me sauver!

*Et rapidement, encore, Katherine! Car tu
n'as qu'un quart d'heure à ta disposition!*

Commençons par le commencement:
emmagasiner des forces!

Je me rendis au Hi-Fi Center. Une fois
devant le vendeur, je minaudai.

— Pardon, monsieur, je peux voir toutes
vos télés et chaînes hi-fi? C'est pour un
cadeau, pour mon papa…

Peu après, je quittai gaiement le magasin,
laissant derrière moi un vendeur abasourdi…
et un attirail impressionnant d'appareils
court-circuités!

Une telle dose d'électricité ingurgitée,
c'était euphorisant! Des étincelles palpi-
taient partout dans mes veines!

Qu'ils s'y frottent, ces aliens, et ils verront!

Maintenant, je devais m'équiper.

Que rapporter du passé qui me tirerait d'embarras dans le présent?

Je scrutai la foule et repérai soudain le garçon déguisé en yéti qui distribuait des tracts publicitaires. J'en pris un, impatiente de le retourner... Rien! Pas de message!

En comprenant tout à coup que je m'étais moi-même envoyé ce petit mot d'avertissement, j'en eus la chair de poule! D'autant qu'à cet instant précis j'assistai à ma propre éviction de la Boutique Chic par Carabosse-la-Vendeuse! Ça fait un drôle d'effet...

Donc, logiquement, cet autre moi va croiser le yéti et lui prendre une pub... sur laquelle je dois inscrire un message!

Vite! C'était une question de vie ou de mort! J'interpellai le garçon:

— Hé, yéti! Tu veux bien m'aider à jouer un tour à ma jumelle? Tu as un stylo?

J'aurais pu en profiter pour rédiger une note plus explicite que cette histoire de gâteau mais modifier le passé était risqué...

Il ne me restait plus beaucoup de temps. Le compte à rebours du retour était amorcé.

Bon. Où dénicher de quoi combattre nos ennemis ?

Toysland !

En l'espace de quelques secondes, mon panier débordait des jouets qui allaient me servir. Il me manquait encore un article : un canon à eau !

Un gamin tenait le dernier contre son cœur. Impitoyable, je le lui arrachai des mains.

— Je te promets qu'il me sera plus utile qu'à toi ! dis-je.

Je sentis une petite tape sur mon épaule. Je me retournai... Une sorte de fouine me jaugeait sévèrement. Le gérant de la boutique !

— Tu fais des achats pour une collectivité ? demanda-t-il en détaillant mon panier.

— Heu... pas exactement... non, j'attends...

Le bourdonnement tant espéré rappliqua enfin ! Les néons vacillèrent...

— Et tu attends quoi, au juste ?

— Le signal de départ ! m'exclamai-je en m'élançant vers la sortie.

Les alarmes retentirent mais je ne m'en souciais guère… Les couloirs du centre commercial étaient à nouveau plongés dans la pénombre.

10

Comme je le craignais, mes camarades se trouvaient en fâcheuse posture ! Des cris, des bruits de bataille me parvenaient nettement du fast-food.

Haut les cœurs, les gars ! J'arrive !

Je chargeai le canon à eau à la fontaine du coin avant de me précipiter à leur secours.

Soudain, une vibration intense secoua le centre commercial de fond en comble. Il n'y avait pourtant pas de tremblements de terre, au Wisconsin…

Je passai le seuil du fast-food et ne tardai pas à découvrir le pot aux roses… Dans la salle, tables et chaises renversées trahissaient la lutte acharnée qu'avaient menée Kevin, Jack et Audrey.

En vain! Les faux agents de sécurité les tenaient à leur merci, les bras liés dans le dos.

Mes amis, tétanisés, fixaient le plafond. Je suivis leur regard...

Le vaisseau mère! Il atterrissait! Là, juste sous mes yeux!!

Et Jack qui croyait plaisanter, tout à l'heure!

Dans un bris de glace détonant, l'engin spatial traversa la vitre et descendit lentement dans le bâtiment. Les turboréacteurs pulvérisèrent le mobilier; je me plaquai au mur afin de me protéger contre le souffle brûlant et la pluie de verre.

Six pieds métalliques semblables à des pattes d'insecte touchèrent terre. Dans la carlingue, sous le ventre de l'ovni, se découpa le contour brillant d'une trappe qui s'ouvrit sur une passerelle rétractable.

Celle-ci se déroula silencieusement jusqu'au sol et un alien en émergea.

Un alien non métamorphosé, pour une fois! Grand, squelettique, une grosse tête bulbeuse à la face blafarde et d'affreux yeux globuleux...

Il portait une sorte de tunique chatoyante en lamé argent et brandissait un sceptre – une arme? – de cristal. Sûrement le capitaine de l'expédition. D'ailleurs, il ordonna aux autres de conduire mes copains à bord.

Mon cœur bondit. Quel sort leur réservait-on, dans cette boîte de conserve géante?

Lorsqu'ils eurent disparu à l'intérieur de l'appareil, Tunique d'Argent hurla:

— Katherine Douglas! Rends-toi ou je supprime tes amis!

Moi? Me rendre sans broncher?! Tu me connais mal, Œil-de-Cafard!

— Qu'est-ce qui me prouve que vous ne les tuerez pas quand même? rétorquai-je de ma cachette, derrière la poubelle.

— Nos ordres sont stricts!

Je détestais son ton mielleux…

— Nous devons vous ramener vivants… dans la mesure du possible! Soit quatre prisonniers en pleine santé, soit trois cadavres… À toi de décider!

Je sortis de mon repaire, les mains en l'air, déglutissant douloureusement. C'était maintenant que tout se jouait…

Malgré notre différence de carrure, j'étais prête à l'affronter... et il *céderait*!

Je me concentrai activement...

Aussitôt, une douzaine de voitures de police miniatures, toutes sirènes hurlantes, investirent la place. Elles filaient sur le carrelage à une vitesse supersonique, mues par une énergie... katherinesque!

Distrait par ces mini-bolides qui grouillaient entre ses pieds, Tunique d'Argent relâcha quelques secondes son attention.

Je me ruai alors sur la poubelle où j'avais planqué le canon à eau.

— Plus un geste! ordonnai-je à l'alien tout en le visant.

Il grimaça et approcha.

— Un jouet? Aurais-je peur d'un joujou, par hasard...?

J'appuyai sur la détente. Un jet d'eau super-puissant trempa mon adversaire.

— Sotte! cracha-t-il, au milieu d'une mare d'eau.

Une rigole s'écoulait jusqu'à moi.

— Qu'espérais-tu? Que je fonde?

— Oh, non, que tu... grilles!

Et, m'agenouillant, je posai les paumes dans la rigole qui nous reliait l'un à l'autre.

Instantanément, des serpents d'électricité rampèrent vers la flaque et s'enroulèrent autour de la créature extraterrestre. L'alien fut pris de convulsions puis s'écroula, terrassé par la décharge.

Alertés par le vacarme, les gardes surgirent du vaisseau. Pas de jaloux : je leur fis subir à tous la même correction !

Et quatre de mieux ! Un sans faute, Katherine !

Nos ennemis out, j'aurais pu courir chercher de l'aide... Mais s'ils se réveillaient, dans l'intervalle ? Ils emmèneraient mes copains... !

Je ne voyais qu'une solution... qui impliquait une bonne dose de folie ! Je contemplai, impressionnée, l'immense disque de métal qui surplombait le stand des saucisses.

Ouais, ben finalement, de la folie, j'en ai à revendre !

Sans hésiter, je grimpai la passerelle et m'engouffrai par la trappe... Décevant, l'ovni ! À la place de ces aliens, moi, j'aurais soigné la déco… On aurait dit qu'à la dernière minute ils avaient tout jeté pêle-mêle, là-dedans !

Un *garage*. Ni plus, ni moins. Sauf le plafond : un dôme d'une blancheur éclatante qui crépitait, comme des parasites sur un écran de télé.

Je pressai un bouton, à l'entrée du vaisseau. La passerelle se replia et la trappe se referma en crissant.

J'arpentai la salle circulaire et aperçus… le trio tragique !

Kevin, Audrey et Jack, coincés dans d'étroits tubes de plastique jaune transparent. Pas très flatteur, question physique ! Et puis, Audrey me suivait des yeux…

Comme un tableau, dans une maison hantée !
Je devais les tirer de cet enfer !

Comptant sur ma chance légendaire, j'actionnai la première commande venue, sur la table de contrôle…

Bingo ! Les tubes s'élevèrent dans le plafond, libérant mes compagnons.

— Fallait pas te presser, surtout, ironisa Jack.

— C'est vrai. Mais Bébé Raynes n'était pas assez fini pour quitter son éprouvette!

Audrey chassait ses crampes.

— Merci, Kate. Je savais que tu réussirais!

— Et les traqueurs? demanda Kevin.

— Hors service, neutralisés!

— Ne me dis pas qu'une fille comme toi les a tués? renifla Jack.

— Ça suffit! trancha Audrey. Sortons d'ici, vite!

J'effleurai le bouton et la trappe s'ouvrit à nouveau... sur cinq aliens absolument enragés!

Je rappuyai frénétiquement sur le bouton...

— C'est ça, que tu appelles neutralisés? s'étrangla Kevin.

— Ils étaient évanouis...

— Ben, préviens-les, alors, répliqua Jack, sarcastique. Parce que, selon moi, ils sont on ne peut plus conscients!

Des coups de feu retentirent subitement sur la coque de l'engin. Nos assaillants ne tarderaient plus à entrer!!

— Qu'est-ce qu'on fait ?

Jack se rengorgea.

— On n'a qu'à décoller ! J'ai plusieurs heures de simulateur de vol derrière moi et, en plus, je peux déchiffrer ce qui est écrit sur les écrans de contrôle…

— Mais tu n'es pas pilote !

Il me regarda droit dans les yeux et ajouta :

— Une meilleure suggestion, princesse ?

Non… prions donc pour que l'impensable se réalise : que le clown de Météore nous sauve la vie !

Kevin lui désigna le poste de pilotage.

— Après toi, mon vieux Jack !

Kevin, Audrey et moi nous cramponnâmes à ce qui nous tomba sous la main ; Jack boucla sa ceinture de sécurité.

Dehors, les martèlements redoublèrent.

— Parés au décollage ? cria Jack par-dessus l'épouvantable boucan. C'est parti mon kiki !

Il plaça les paumes sur la surface lisse des commandes. Pas de tableau de bord, pas de volant ou levier : juste deux empreintes argentées.

Sur l'écran-moniteur, face à lui, des symboles insolites défilèrent rapidement.

— Hé ! Il serait temps d'y aller, non ? m'égosillai-je.

Jack jouait les bravaches mais je savais qu'en fait il était aussi nerveux que moi : la transpiration perlait à son front, ses yeux étaient scotchés à l'écran, ses doigts pianotaient sur la table…

Enfin, un grondement s'éleva des entrailles des machines. Il gonfla, s'intensifia… À l'extérieur, les aliens cessèrent leurs assauts et, fous de colère, nous lancèrent une bordée d'injures.

Puis le vrombissement se transforma en plainte aiguë et avant que j'aie pu insulter Jack, le vaisseau fit une embardée, tangua et commença à flotter dans les airs !

Le choc nous propulsa à terre ! Le dôme blanc devint une voûte cristalline… c'était comme observer le ciel de la nuit à travers les parois d'un bocal à poissons rouges !

Muets de terreur, nous franchîmes le toit défoncé du centre commercial et fonçâmes droit sur une espèce d'entonnoir de nuages qui s'était formé au-dessus du réservoir, dans la forêt.

Le tourbillon nous happa et nous naviguions à présent au centre d'un couloir de lumière dorée.

On est en route pour l'espace intersidéral… ou pour l'Au-Delà ?!

La soucoupe étant stabilisée, Jack me tendit la main pour m'aider à me relever.

En tout cas, je ne suis pas morte : pas de Paradis avec Jack Raynes !

— Du bon boulot, Jack, admis-je avec mauvaise grâce. Tu conduis plutôt bien…

Il sourit largement.

— Facile, avec le pilote automatique ! avoua-t-il.

— Alors, on ignore où on va ?

— Et si ce satané ovni est programmé pour rallier sa planète, hein ?

Jack changea d'expression.

— Flûte, je n'avais pas songé à cela…

Je pointai le dôme de l'index.

— Oui, ben on a intérêt à se grouiller, question plan B…

Le tunnel de lumière s'était élargi, révélant une planète bleue vers laquelle nous filions à vive allure. Le vaisseau eut un mouvement de rotation et vint se positionner à la verticale de la planète, prêt à se poser.

— On est déjà arrivé? lâchai-je, incrédule. Et les milliers d'années-lumière du voyage…?

Kevin hasarda :

— Peut-être que le tunnel doré était un vortex, ou un trou noir, ou une rupture de dimension…

En pénétrant dans l'atmosphère de la planète mystérieuse, notre engin vibra violemment. Sur les écrans de contrôle, nous découvrîmes un paysage de désolation, un désert balayé par un vent cinglant, chargé de poussière.

Jack bafouilla :

—Vous savez, il y a un truc qui me chiffonnait, au sujet de ces aliens, et je viens de comprendre quoi… Cela ne vous a pas choqués, vous, qu'ils se parlent entre eux dans notre langue? Et regardez un peu leur écriture. Ce n'est pas du charabia, c'est…

Audrey l'interrompit :

— Hé ! Ils ont une lune, eux aussi ! s'exclama-t-elle tandis que nous croisions un globe creusé de cratères.

— Mais laissez-moi terminer ! s'emporta Jack. Ces symboles, ce n'est pas un langage extraterrestre. C'est un mélange de plusieurs langues terrestres !

— Ce qui signifie…

— … que cette lune n'est pas *une* lune, mais *notre* lune !!

Au même instant, le vaisseau atterrit, oscillant légèrement sur ses six pattes fluettes.

J'enclenchai craintivement le bouton d'ouverture de la trappe… Une bouffée d'air puant, mais respirable, s'insinua à bord.

Nous descendîmes la passerelle, bouche bée. Devant nous, le désert se déroulait à perte de vue. Des éboulis, des ruines, partout. Le sol stérile, étouffé de gravillons ; pas le moindre signe de vie.

Dans le lointain, de petits feux minables brûlaient, soufflant une épaisse fumée noire et grasse dans le ciel lourd de pollution.

— Impossible, murmura Kevin. Il ne s'agit pas de la Terre, pas notre Terre…

Mais Audrey hoqueta.

— L… là !!

Les vestiges ternis d'une enseigne émergeaient du sol carbonisé.

CENTRE COM…

Malgré la corrosion, l'aspect antique d'un objet témoin d'une civilisation ancienne… aucun doute : c'était bel et bien l'enseigne de notre centre commercial !

Jack prit un ton sinistre.

— Nous sommes sur la Terre, Kevin. Mais à une autre époque. Dans le futur ! En fait d'ovni, cet engin est une *machine à voyager dans le temps* !

Il n'existe pas de mot pour décrire ce que je ressentis à ce moment précis. Tout en contemplant les restes de ma ville dévastée, des tas d'interrogations se pressaient dans mon esprit.

Que s'était-il donc passé, ici ? Et quand cela s'était-il passé ? Qui avait pu causer une telle catastrophe ?

Une question, surtout. Celle qui m'obsédait depuis mon anniversaire : Est-il possible de changer le destin ?

J'avais la sensation très nette que nous ne tarderions pas à le savoir...

HAUTE TENSION

Découvre avec cet extrait

Planète en péril

(à paraître en février 2001)

AUDREY

Dans le coin, les gens apercevaient sans arrêt des ovnis ! Moi, avant, je n'y croyais pas. Je dis bien *avant* car, le jour de mon anniversaire, une chose terrible m'était apparue : j'avais hérité du *sang argent* de ma mère.

En plus, j'avais une super-vue, une super-ouïe, la faculté de respirer sous l'eau ainsi que le pouvoir incroyable de me régénérer ! Si je perdais un membre, ou n'importe quoi, il *repoussait* aussitôt...

À Météore, nous étions six dans la même situation : chacun avait perdu un parent et chacun possédait ses propres pouvoirs.

Aujourd'hui, nous étions traqués par des espèces de tueurs aux yeux de cafard ! Si Todd Aldridge et Elena Vargas avaient été capturés, Kevin Rogers, Kate Douglas, Jack

Raynes et moi-même nous en étions tirés à bon compte.

Jusqu'ici, en tout cas.

Deux heures auparavant, les aliens qui nous poursuivaient étaient parvenus à nous coincer en provoquant une panne de courant au centre commercial. Cependant, ils n'avaient pas prévu qu'on se défendrait si bien tous les quatre, et qu'on finirait par se sauver à bord de leur vaisseau spatial ! Une idée géniale ! Malheureusement, l'engin naviguait en pilotage automatique et Dieu seul savait où il nous emmenait…

Après un voyage éclair de quelques minutes, on débarqua sur une planète mystérieuse…

— Pincez-moi ! murmurai-je, abasourdie.

De la passerelle du vaisseau perché sur ses six pattes métalliques, nous contemplions le paysage dévasté, écrasé de soleil. Un désert désolé aux lendemains d'un conflit nucléaire, voilà ce que cela m'évoquait. Un vent sec, brûlant, tournoyait en sifflant entre les ruines et les décombres, soulevant la poussière de cratères creusés par des explosions. Et enfouie dans le sable, l'enseigne carbonisée du centre commercial, réduit à l'état de vestige.

Seul problème : on était bien sur la Terre, mais à une *autre époque*...

Ainsi, l'engin que nous avions dérobé à nos adversaires n'était pas un ovni, mais une véritable machine à voyager dans le temps ! Nous avions été projetés dans le futur !

— On va au fast-food ? proposa Jack, qui ne perdait pas son calme.

— Ce n'est pas le moment de plaisanter ! rétorqua Kevin.

L'angoisse m'envahit soudain.

— Ce sont peut-être les aliens restés derrière nous qui ont causé cette catastrophe ? Ce serait affreux : on serait responsables de la destruction de la Terre !

— Arrête, dit Kevin. Il fallait bien qu'on leur échappe ! Et puis, on ignorait qu'il s'agissait d'une machine à voyager dans le temps, non ? Il faut regagner le passé, maintenant.

Jack désigna le vaisseau.

— Ah oui ? Et comment espères-tu accomplir ce miracle, gros malin ?

À peine avions-nous atterri que les machines avaient calé. Définitivement calé. Même Kate, avec sa faculté de générer de l'électricité, n'avait pas réussi à faire redémarrer les moteurs.

J'étais lasse.

— À quoi bon repartir, de toute façon? Si c'est pour disparaître comme ça, dans cette ville! Merci!

— Voyons, riposta Kevin. Ce futur n'est peut-être qu'une possibilité éventuelle. Peut-être qu'en comprenant ce qui s'est produit, nous allons éviter la catastrophe! Régresser dans le temps, changer le cours de l'Histoire… qui sait?

— Moi, reprit Jack, ce qui m'intéresse, pour l'instant, c'est notre présent… Je meurs de faim, voyez-vous! Et l'eau, vous y avez pensé, à l'eau?

Kevin tenta de nous rassurer mais il avait un ton peu convaincant.

— Pas d'affolement, on se débrouillera bien. Pour ce qui est de manger, attends une seconde…

Il pêcha au fond de sa poche un distributeur de bonbons Pez à l'effigie de Superman, en tira une pastille violette et la tendit à Jack.

Kevin et ses super-héros de BD ! Il ne changera jamais !

— Merci, c'est mieux que rien... au fait, vous savez que c'est un certain Zachary Kolodny qui possède la plus grande collection de distributeurs Pez du monde ?

Jack connaissait par cœur le *Guiness des Records*. C'était son livre de chevet ! Il nous cassait les oreilles à longueur de journée, avec ça. Il pouvait même rabâcher ses infos dans des milliers de langages différents, y compris le fax et le termite !

Kate ricana.

— Erreur, Jack. Aujourd'hui, c'est Kevin qui possède la plus grande collection de Pez du monde...

Je balayai du regard les alentours et frissonnai. Quelle désolation ! Étions-nous les derniers survivants sur Terre ? Et nos parents ? Et ma meilleure copine, Jenny Kim ? Nous avions fait un bond de combien de temps dans le futur ? Deux mois ? Deux ans ? Deux mille ans... ?

Secoue-toi, Audrey! Le moment est venu de
RÉAGIR *!*

— Je ne m'avoue pas vaincue! lançai-je
brutalement.

Les autres me dévisagèrent, surpris. D'habitude, je n'étais pas du genre autoritaire…

Je poursuivis :

— Essayons de comprendre ce qui est
arrivé ici! Unissons-nous pour contrer les
plans de ces aliens!

— Je te suis, Audrey! s'exclama Kate.

— Et toi, Jack? demanda Kevin. Il faut se
serrer les coudes, tu sais.

Jack poussa un profond soupir.

— D'accord… mais ça finira dans un
bain de sang!

— Oui, celui de nos ennemis!

Déterminés, nous partîmes.

Nous avancions péniblement parmi les
débris qui jonchaient le sol. Dire qu'il s'agissait là de Météore, ma chère ville natale…

KATE

Devant moi, Audrey tremblait comme une feuille. Oh, je la comprenais !

Nous progressions tant bien que mal au milieu des décombres calcinés de ce qui avait été autrefois un *paradis* : mon centre commercial adoré ! Je pestai intérieurement : j'allais être dans un bel état !

Vous comprenez, ma peau était particulièrement délicate et se frayer un chemin parmi des tas d'immondices me répugnait !

Pour me calmer, je me récitais le dictionnaire — ma lecture préférée — quand Audrey s'immobilisa, sur le qui-vive.

— Vous avez entendu ?

— Quoi ? L'estomac de Jack ?

— Un bruit de moteur… écoutez !

Jack tendit l'oreille avant de secouer la tête.

— Non, je n'entends rien. Par contre, ça empeste, ça oui ! Et il fait plus chaud qu'en enfer ! Je propose qu'on rentre au vaisseau.

— Proposition acceptée ! m'écriai-je, soulagée.

Mais Kevin ne partageait pas notre avis.

— N'oubliez pas que nous sommes arrivés en pilotage automatique ! Les tueurs savent où nous localiser.

— Quels tueurs ? Tu vois bien qu'on est seuls au monde !

— Oui, et c'est affreux, mais Kate a raison, persifla Jack. Et si les tirs des aliens avaient endommagé les circuits du vaisseau, il aurait pu nous conduire ici par erreur…

Les doigts pressés sur les tempes, Audrey nous interrompit :

— Taisez-vous ! Le vrombissement s'amplifie… il se rapproche !

— Mais arrête ! dis-je. Nous sommes des naufragés sur une planète complètement déser…

Et là, une détonation suivie d'une pluie de roches m'envoya valser dans les airs !

Un rayon laser, puis un autre, venaient de frapper le sol, à mes pieds, creusant de nouveaux cratères fumants.

Je tentai de me relever, en vain. J'avais un sacré tournis…

Jack m'aida alors à me redresser et m'entraîna avec lui dans une fuite effrénée.

— Qu'est-ce que c'était ?

— Ne te retourne pas ! Un… un ŒIL D'ACIER nous pourchasse !

Bien sûr, moi, je me retournai aussitôt… Mon sang se glaça dans mes veines ! Une grosse sphère métallique flottait derrière nous !

Elle étincelait au soleil, et un vrombissement strident s'en échappait. Une sorte de paupière s'ouvrit sur le devant du globe, révélant un cylindre rouge, comme un iris menaçant.

Le canon laser !

Il visa mes mollets, les rata de peu et le bourdonnement s'intensifia. L'arme se rechargeait…

Jack resserra son étreinte sur ma main, et nous courûmes à perdre haleine.

—

— Séparons-nous ! hurla Kevin. Il ne pourra pas en poursuivre quatre à la fois !

— Non, juste un, cracha Jack. La question est de savoir lequel !

Un autre tir de laser nous força à nous décider : on prit chacun une direction différente.

Je ne regardai pas en arrière. Je sentais la présence de la sphère, dans mon dos. Elle ajustait son viseur...

Je me mis à zigzaguer : une cible mouvante est toujours plus difficile à atteindre. Je trébuchai, m'affalai par deux fois mais rien ni personne n'aurait pu m'arrêter !

Comprenant subitement que le vrombissement s'était éteint, je fis volte-face et scrutai l'horizon. Rien. Aucune trace de l'œil d'acier. J'avais les jambes en coton. Je tâchai de récupérer mon souffle ; mes poumons me brûlaient. Soudain, je perçus un mouvement, au loin...

Audrey ! Elle se dissimulait derrière un muret et je me ruai vers elle.

En fait de muret, il s'agissait des restes d'un vieil escalier couché sur le flanc. Je me glissai dessous. Jack était là, lui aussi.

— Tiens, comme on se retrouve, Kate chérie !

— Décidément, on ne m'épargnera rien, aujourd'hui ! soupirai-je avec dégoût.

— Parle plus bas ! supplia Audrey. La chose pourrait revenir !

— Hé, un moment !

Jack nous regarda tour à tour.

— Il manque Kevin…

— Ce qui signifie que le globe l'a pris pour cible ! Vite ! Filons à son secours !

Nous passions furtivement d'un abri à l'autre en demeurant vigilants.

On aurait juré que Kevin et l'œil d'acier s'étaient volatilisés… Finalement, tout danger étant pour l'instant écarté, nous marchâmes à découvert, appelant désespérément notre ami…

Deux heures plus tard, nous n'avions pas glané le moindre indice, pas la plus petite empreinte. Le soir tombait rapidement et, avec lui, une chape de froid polaire. Du soleil il ne restait plus qu'un faible halo rougeâtre à l'horizon, et le vent devenait mordant.

Super! On va être congelés avant de mourir de faim et de soif!

— Dites, lança Jack, si on se transforme en glaçons, ça ne nous aidera pas à tirer Kevin d'embarras. Nous devons nous abriter pour la nuit!

—Tu as apporté ta tente?

— Très drôle, Audrey. Non, je pensais que nous pourrions rejoindre le vaisseau.

— Je vote pour! m'exclamai-je avec un peu trop d'ardeur.

— Kevin l'a déconseillé, tout à l'heure…

— Il ne savait pas ce qui arriverait.

—Tu as une meilleure idée?

Harassée, Audrey capitula plus vite que prévu.

— Dac, dit-elle. En route.

— Heu…, oui…, balbutia Jack, mais par où on va, Kate?

— Je te rappelle que c'est toi qui as atterri!

— Et alors ! Utilise tes pouvoirs ! Transforme-toi en boussole, par exemple.

Audrey trancha net la discussion.

— Il me semble qu'on s'est posé derrière cette colline. Dépêchons, avant que vous ne vous bagarriez pour de bon, tous les deux !

Bonne nouvelle : Audrey avait raison.

Mauvaise nouvelle : il n'y avait plus de vaisseau ! Envolé, parti, disparu !

— Gardons la tête froide, dit Jack en claquant des dents.

Il avait toujours le mot pour rire, ce clown !

— Peut-être nous sommes-nous trompés d'endroit ?

Je désignai l'enseigne carbonisée du centre commercial.

— Réveille-toi, vieux. Tu reconnais ça ? C comme centre commercial ; C comme crétin !

J'étais transie. Il paraît que les nuits dans le désert sont aussi glaciales que les jours sont étouffants.

Génial ! Météore, ou Sahara deuxième du nom !

Audrey s'interposa une fois de plus.

— Cessez vos chamailleries et agissons ! On va construire une barricade avec les décombres pour nous protéger du vent.

Ensuite, on creusera une tranchée et on se tiendra chaud jusqu'à demain matin.

Kevin avait bel et bien disparu, comme notre vaisseau, notre unique espoir de retour... Nous étions abandonnés à jamais sur cette épouvantable Terre de demain... Seuls au monde.

Enfin... seuls, si l'on excepte cet Œil-De-La-Mort qui rôdait...

HAUTE TENSION

Des livres plein les poches, des histoires plein la tête

Composition : Francisco *Compo*
61290 Longny-au-Perche

Imprimé en France sur Presse Offset par

BRODARD & TAUPIN